謎とき 村上春樹

石原千秋

光文社新書

目次

はじめに——小説を読むこと

僕が村上春樹をはじめて読んだのは、病院のベッドの上でのことだった。

そのとき僕は、その後何度か繰り返し発作を起こして左耳の聴力の何割かを奪うことになる突発性難聴のはじめての発作が起きて、入院中だったのだ。

それは日に一回点滴を受ける以外は何もすることのない死ぬほど退屈な入院生活だったので、前年に『ノルウェイの森』が刊行されて話題になった作家の小説でも読んでみようと思ったのかもしれなかった。その頃の僕は、それくらい現代作家には関心がなかった。ところが、そのとき病院の売店にあった村上春樹の小説は講談社文庫の『風の歌を聴け』一冊だけだった。耳を病んでいた僕にはちょっと出来すぎたタイトルである。

僕がその売店でこの風変わりな小説を買ったのは一九八八年九月三十日のことだ。こういうことが正確に書けるのは、僕に多少ブック・フェチのところがあって、購入した本の記録をすべて蔵書ノートに書きとめ、お気に入りの本にはお気に入りの本屋のブックカバーを丁寧にかけ直したりする性癖があるからだ。もっとお気に入りの本は二冊購入することもある。一冊は読まずにそっとしまっておく。

僕には『風の歌を聴け』が大変刺激的だったから、その後ごく短期間のうちに村上春樹の代表作をすべて読んだようだ。そのことも蔵書ノートからわかる。

入院を経験した人にしかわからないことだと思うが、病院食はものすごくまずいものだ。学校の給食と同じくらいまずい。タレントのアン・ルイスが、彼女の通っていたアメリカンスクールの建物がはじめ監獄でその次が病院でその次に学校になったのだと、かつてラジオで語っていたことがある。フーコー流の権力論に必要な三種の神器がみごとにそろったわけだ。監獄の食事もたぶん同じようにまずいのだろう。自由を奪われた食事ほどまずいものはない。

そういうわけで、僕は『風の歌を聴け』のこんな一節に、ひどく新鮮な感じを受けたのだと思う。

僕はビールとコーンビーフのサンドウィッチを注文してから、本を取り出し、ゆっくくりと鼠を待つことにした。
10分ばかり後で、グレープフルーツのような乳房をつけ派手なワンピースを着た30歳ばかりの女が店に入ってきて僕のひとつ隣りに座り、僕がやったのと同じように店の中をぐるりと見まわしてからギムレットを注文した。（四十六ページ）

ロシアの「文芸評論家」であるアンナ・スタロビニェツは、ロシアで村上春樹がよく読まれる理由について「作品の登場人物はスシやサケ（日本酒）ではなく、ハイネケンのビールを飲んでハンバーガーをほおばる。ほかの日本文学には民族的な独特のリアリティーがあって抵抗が強い。村上文学に東洋的なあいまいさはあるが、違和感なく読める」と説明している（「朝日新聞」二〇〇三・一・七）。

たしかに、長谷川英子や高橋和香子が指摘するように、村上春樹文学の登場人物たちはカタカナ系の食事をし、よくビールを飲む（『別冊宝島　僕たちの好きな村上春樹』宝島社、二〇〇三・三）。村上春樹の書く食事はどこか無国籍な雰囲気を漂わせているのだが、この感じをもう少し突き詰めると、どこかアメリカを感じさせると言うべきだろう。そう言えば、鼠の好物は「焼きたてのホット・ケーキ」で、「彼はそれを深い皿に何枚か重ね、ナイフできちんと

4つに切り、その上にコカ・コーラを1瓶注ぎかけ」た「不気味な食物」(『風の歌を聴け』九十九ページ)に仕立て上げるのだ。この「不気味な食物」は一見無国籍なようで、その実アメリカを強く感じさせる。コカ・コーラほどアメリカを感じさせる飲み物はほかにないだろうから。

そして、そこからはたしかに「自由」の味がしそうに思えた。不自由な味しかしない病院食とは、大違いだ。

二週間近く入院生活を送って、僕は退院した。そのとき勤めていた東横学園女子短期大学の国語国文学科に戻って、学科事務の女性に「入院中に村上春樹の『風の歌を聴け』を読んだんだ」と言ったら、病名を知っている彼女はすかさず「先生、風の歌は聴こえましたか?」と、僕に聞いた。僕は「風の歌は聴こえなかったけど、耳鳴りはする」と答えた。そして、村上春樹文学の登場人物になった気分をちょっと味わった。

これが、僕と村上春樹文学との出会いだった。それから十五年以上経って、僕は大学の授業で村上春樹文学を講義することになった。今年で三年目なのでそろそろ一区切りつけたいと思って、本にすることにした。

＊

この本では、村上春樹の小説を五つ読む。順に挙げておこう。

『風の歌を聴け』（講談社文庫、初出は一九七九年）
『1973年のピンボール』（講談社文庫、初出は一九八〇年）
『羊をめぐる冒険』（講談社文庫、初出は一九八二年）
『世界の終りとハードボイルド・ワンダーランド』（新潮文庫、初出は一九八五年）
『ノルウェイの森』（講談社文庫、初出は一九八七年）

本文にはそれぞれの文庫の新しい版を使い、まとまった引用文には、読者の便宜を考えて、ページ数を入れておいた。

ただ、僕の読み方にはかなり癖があるので、なかには違和感を持たれる読者もおられるだろうと思う。どうしてあんなに細かいところにこだわるんだろうとか、あんなに小難しく読まなくてもいいのにとか、小説なんだから自由に読めればそれでいいではないかとか、いろんな感想を抱く読者がおられると思う。そこでこの本のはじめに、小説を読むとはどういうことなのかという問いについて、ある本にかこつける形で、僕の考えをできるだけ手短に書いておこうと思う。

＊

小説を読むのは、どこか謎とき的な要素があるものだ。ストーリーを追って「面白いな」という感想を抱くだけのような読み方も、決して悪くはない。小説読みにはそういう楽しみ方がたしかにある。僕自身もそういう読書で癒されることが少なくない。しかし、少しでも「自分なりに」読もうとすれば、「なぜだろう？」という問いが生まれて、それに自分で答えようとするだろう。そこに謎とき的な要素が加わってくるわけだ。

とは言え、小説からある部分だけを切り取ってきて、「ああでもない、こうでもない」と詮索することは知的な謎ときではない。いや、それはそもそも謎ときではない。なんとでも言えるだけにすぎない。どこにも新しい解釈を生み出す枠組みがなく、逆にどこにも解釈の歯止めがないからである。それは方法ではなく、趣味の範囲である。では、どうすれば「謎とき」が「方法」になるのだろうか。

「謎とき」と言えば、江川卓《えがわたく》『謎とき『罪と罰』』（新潮選書、一九八六・二）だ。その後『謎とき『カラマーゾフの兄弟』』、『謎とき『白痴』』と続編が書かれたことは、文学愛好者の間ではよく知られている。僕の本にこの名著のタイトルを拝借したのは、小説の読み方に共通するところがあるからだ。

『謎とき『罪と罰』』は、ドストエフスキーの『罪と罰』をキリスト教の枠組みからのみ徹底的に読み込んだものである。その結果、『謎とき『罪と罰』』ではストーリーも登場人物の気持ちもほとんど無視されている。しかし、その代償として多くの「謎とき」に成功した。

キリスト教の枠組みは「謎とき」のための呪文のような役割を果たしている。その呪文を唱えると、それまで読みすごされてきたさまざまな細部が一つの意味の元に呼び集められ、一連《つら》なりの物語をなして雄弁に語りはじめる。

この本を読むと、『罪と罰』のすべての言葉がキリスト教の枠組みによって意味づけることが可能であるかのような錯覚に陥る。別の言い方をすれば、『罪と罰』のすべての謎がキリスト教の枠組みによってとけるかのような錯覚に陥る。なかには「それは考えすぎでしょう」という感想を持ってしまう部分もあるが、そこまで徹底しなければキリスト教の枠組みを採用した意味がないし、「江川卓」が読んだことにもならない。『罪と罰』をキリスト教の枠組みから読もう」と決断したところに江川卓の「個性」があるからだ。

しかし、『罪と罰』をキリスト教の枠組みから読むことは一つの「個性」にすぎないのだから、キリスト教以外の枠組みから読むことも可能だということにもなる。だから先に「錯覚」と言ったのだが、読者にこの読み方しかないという「錯覚」を起こさせるくらいでなければ、「謎とき」が十分に成功したとは言えないだろう。

こういう風に、ある小説をある枠組みから統一して読むことが、「謎とき」を「方法」にまで高めるやり方なのである。僕の本でも、『謎とき『罪と罰』』を見習って、一つの小説は一つの枠組みから読むことを試みた。たとえば『風の歌を聴け』と『ノルウェイの森』を読む枠組みは「ホモソーシャル」である。これが僕の呪文だ。

ホモソーシャルの詳しい解説ははじめの『風の歌を聴け』の章で行なったが(だからこの章は少し長くなった)、ごく簡単に言えば、「男性による均質な社会」のことを言う。村上春樹文学は女性の書き方を批判されることが多い。それは理由のないことではないが、このホモソーシャルの枠組みから村上春樹文学を読むならば、むしろ村上春樹文学から「男性による均質な社会」にとっては異質な他者である女性の物語を立ち上げるまでのプロセスが浮かび上がってくるだろう。

＊

ただし、それは平坦な道のりではなかった。そのために村上春樹文学は自らを自己神話化する必要があったように思える。

自己神話化とは、小説それ自身が生と死を繰り返すこと、つまり自己肯定と自己否定とを繰り返すことである。村上春樹文学の主人公「僕」たちも、自己肯定と自己否定の間を揺れ動いている。その向こうに、女性の物語がほんの少し姿を見せている。だから村上春樹文学には長い時間が必要だし、ときに底なしの虚無を感じさせることがあるのではないだろうか。

村上春樹は、いつ終わるともしれない一つの大きな物語を書き続けているようだ。その兆候はいくらでもある。

たとえば、『1973年のピンボール』の中にさりげなく書き込まれた「ゆっくり歩け、そしてたっぷり水を飲め」（一四四ページ）という言葉は、二十四年の時を経て『アフターダーク』（講談社、二〇〇四・九）の中で重要な役割を与えられ、繰り返し語られている。こういう例はいくらでも挙げることができる。別々の小説の細部と細部とが響き合っているのである。このことが示唆するのは、村上春樹文学が書き続けられるモチベーションは、小説の外部にではなく内部にあるのではないかということだ。それが自己神話化である。しかし、小説の連なりが自己神話化する秘密に辿《たど》り着くまでには多くの「謎」をとかなければならない。

村上春樹のデビュー作『風の歌を聴け』の中に「引用」されている作家「デレク・ハートフィールド」は、こう言っている。

「誰もが知っていることを小説に書いて、いったい何の意味がある?」(一二四ページ)

僕の呪文が多くの「謎」をといて、「誰も知らないこと」を見せてくれたらいいと思う。

第一章　『風の歌を聴け』

1 「僕」が彼女を救う物語

一番書きたいことを書く小説家はいない

一九七八年の四月、神宮球場の外野スタンドでふっと小説を書こうと思い立った二十九歳の青年は、その後もずっと小説を書き続けることになった。いまも書いている。僕はその理由を村上春樹その人に聞こうとは思わない。彼が小説を書き続ける理由は、彼の小説が一番よく知っていると思うからだ。だから、彼の小説から多くのことを聞かなければならない。それは、まず「謎とき」の形を取ることになる。

小説を読むことは謎ときをすることだ。謎がたくさん隠されていて、それを読者が読みとく。それが小説を読むことだ。もしすべての謎がとかれたら（もちろん現実にはそんなことはあり得ないが）、それはその小説の死である。なぜなら、誰が読んでも同じ読み方しかできなくなってしまうからだ。だから、小説家は一番書きたいことを隠して書く。書かないのではない。隠して書くのだ。すぐれた小説家は、そうやって読者の謎ときを誘いながら、同時に読者の謎ときから自分の小説を守ろうとするのである。

たとえば、僕が専門に「研究」している漱石文学の場合なら、小説が発表されてから百年経つのにまだ新しい謎が隠されているようで、「謎がとけたぞ!」という「発見」が相次いでいる。

では、村上春樹は? これから読む『風の歌を聴け』に関しては、実は微妙な段階にある。一人の研究者と一人の批評家が、十年以上も前にほぼ同じ謎ときを行なったのである。そこで、『風の歌を聴け』のおそらく一番大きな謎はとかれてしまったのではないかと思っている。

謎をといたのは平《ひら》野《の》芳信《よしのぶ》（『村上春樹と《最初の夫の死ぬ物語》』翰林書房、二〇〇一・四）と、斎藤美奈子（『妊娠小説』筑摩書房、一九九四・六）の二人だ。平野芳信のほうが早く論文にしていたが、それとは別に斎藤美奈子が『妊娠小説』においてほぼ同じ「発見」を書いている。平野芳信が「第一発見者」であることは、斎藤美奈子も別の本できちんと認めている。それがフェアネスというものだ。しかし、意外にもこの「発見」は研究者や批評家だけでなく、「春樹ファン」の間でさえきちんとは共有されていないらしい。どうやら「都市伝説」のような広がり方しかしてはいないのだ。

そこで、『風の歌を聴け』を読む前提として、この章では二人の「発見」にそって、僕なりに「味つけ」をしながら謎ときをしていこうと思う。

読みにくさに隠された謎

『風の歌を聴け』は、一番最後の「ハートフィールド、再び……（あとがきにかえて）」を除けば（「デレク・ハートフィールド」はもちろん実在しない作家だが）、全部で四十の短い節（あるいは断片）からなっている。これがまず読みにくい理由だ。謎ときどころか、謎が隠されていることさえ多くの人に気づかれなかったくらいなのだから。

さらに、小説中の時間が単線的ではなく過去と現在を行きつ戻りつする構成になっている。加えて、二十九歳になった「僕」が（「そんな風にして僕は20代最後の年を迎えた」八ページ）、二十一歳の僕を回想する形を採っているのである。ところが、読者にはそのことさえなかなか意識できないように書かれている。あたかも二十一歳の「僕」が語っているようにも書かれているのだ。そのために、ストーリーを再構成するのにさえ苦労させられる。むしろ、ストーリー自体が謎だと言っていいかもしれない。

では、ふつうは『風の歌を聴け』のストーリーはどう理解されているのだろうか。平野芳信は一般的な理解の例として、三浦雅士《みうらまさし》というすぐれた批評家が『風の歌を聴け』のストーリーを要約した文章を引くことから謎ときをはじめている。ここでもその文章を引用しておこう。

恋人に自殺された大学生が夏休みに帰省し、妊娠しているにもかかわらず男に捨てられたらしい若い女とふとしたことで知り合う。若い女はレコード店の店員である。男と女は互いの暗い体験を語り合うこともせず、何度か会う。女が中絶手術を受けた後のある夜、二人は何もせずに抱き合って眠る。二人にとってそれは最後の夜になる。（「村上春樹とこの時代の倫理」『主体の変容』中央公論社、一九八二・十二）

どうだろうか。少なくとも、鼠に関する話がすっぽり抜け落ちていることを除けば、平野芳信以前はこれで十分だった。いまでもこのような読み方が多いかもしれない。しかし、平野芳信以後はこれでは十分とは言えないのだ。平野芳信は、これが当時の一般的な読み方だということを踏まえた上で、謎ときをはじめている。

その謎ときでは、鼠が重要な役回りを演じている。鼠は、東京の大学で生物学を学んでいる三年生の「僕」が大学入学直後に知り合った友人で、父親が金持ちだと言う。いまは大学を辞めて小説を書きたいと言っている。「僕」と郷里が同じらしく、この一夏の物語にもしばしば登場する。「若い女」とあるのは左手の「小指のない女の子」で、レコード屋で働いているが、どこか謎を秘めている。

主な登場人物がこの三人となれば、小説の常道として三角関係を想像してしまうが、この三人が同時に顔を合わせる場面は一つもないし、彼らの関係は四十の断片によって寸断されていて見えにくい。彼らの関係もまた謎なのだ。

十本の指

まず「この話は1970年の8月8日に始まり、18日後、つまり同じ年の8月26日に終る」となっていることを確認しておこう。一夏の物語である。実はこの記述にはすでに疑義が提出されているのだが、それについては後で言及する。この一夏の物語にどんな謎が隠されているのかを謎ときする過程で、この記述の不確かさの意味が明らかになるだろう。

平野芳信と斎藤美奈子の謎ときにとって重要なところを、次々に挙げておこう。はじめは、ジェイズ・バーでの一齣《こま》から。

僕はあきらめて天井を見上げた。10本の指を順番どおりにきちんと点検してしまわないうちは次の話は始まらない。いつものことだ。（十五ページ）

これは鼠の癖だ。「10本の指を順番どおりにきちんと点検してしまわないうちは次の話は始まらない」。なぜこんな癖があるのだろうか。いや、「僕」はなぜこんな癖について書き留めておくのだろうか。そう、勘のいい読者はこれだけで、もうあることに気づきはじめたのではないだろうか。

鼠の癖の意味を確認するために、非常に有名な一節と付き合わせてみよう。

おまけに彼女の左手には指が4本しかなかった。（三十三ページ）

ここに、手の指が合計九本の女性が登場する。「僕」の「手記」で「小指のない女の子」と呼ばれている女性である。もちろん、この女性は先の「10本の指を順番どおりにきちんと点検」する鼠の癖と関連があるにちがいない。いま、読者の想像力はそのように働いているはずだと思う。

「僕」がジェイズ・バーで酔いつぶれている「小指のない女の子」を介抱して、そのまま彼女のアパートに泊まった状況を説明してくれと、彼女から迫られた場面では、「僕」はこんなふうに話している。話の途中から引用する。

「でも現実にはそううまくはいかない。音なんてしたこともないよ。そのうちに待ちくたびれたんで奴のアパートに電話をかけてみたんだ。出て来て一緒に飲まないかって誘うつもりだった。でもね、電話に出たのは女だった。……変な気がしたよ。奴はそういったタイプじゃないんだ。たとえ部屋の中に50人の女を連れこんでグデングデンに酔払ってたとしても自分の電話は必ず自分で取る。わかるかい?」（三十六ページ）

不思議な話し方である。前の晩に「僕」ははじめて「小指のない女の子」と出会っているはずなのに、その初対面の彼女に、鼠のことを「奴」と言っているからである。

男友達のことを「奴」と呼ぶときには、聞き手もその男友達を知っていることが前提になっている場合がほとんどではないだろうか。「僕」はこの少し前、話しはじめてすぐに鼠を「奴」と呼んでいるのだ。しかも、いま引用したところでは、「電話に出たのは女だった」が、それは鼠にふさわしくない出来事だという不必要と思えるエピソードを、わざわざ「小指のない女の子」に伝えているのである。

もっと不思議な記述もある。この日の朝、目を覚ましてベッドの隣に裸で眠っている「小指のない女の子」を眺めながら、「僕」はこう思っている。

煙草を吸い終ってから10分ばかりかけて女の名前を思い出してみようとしたが無駄だった。第一に女の名前を僕が知っていたのかどうかさえ思い出せない。（三十三ページ）

かつてセックスをした三人の「女の子」（一四四ページ）の顔さえ思い出せないこの「僕」が（三十人なら思い出せなくてもしかたがないだろうが）、このときはなぜ「思い出してみよう」などと思ったのだろうか。「小指のない女の子」の名前を知る機会がまったくなかったとしたら、そもそも「僕」は思い出そうと努力するだろうか。さらに、「名前を僕が知っていたのかどうか」について思い出そうとするだろうか。

この二つの文章の向こう側に隠されているのは、「僕」は「小指のない女の子」の名前を忘れてしまったか、あるいはきちんと聞いてはいなくても、少なくとも名前を聞く機会だけはあったはずだという「事実」ではないだろうか。そして、「僕」が「小指のない女の子」の名前を聞き得た相手は、もちろん鼠しかいない。

読まれなかった?・葉書

「僕」の「小指のない女の子」に対する説明に戻ろう。

この一連の説明の中で、「そのかわり床に君が転がってた」と、「僕」がはじめて「小指のない女の子」に言及するのは、ようやく三十六ページの終わりから三行目に至ってである。話しはじめて、ほぼ二ページで、「僕」の話はこの「小指のない女の子」と出会ったところにようやく辿り着いているわけだ。

なぜ、このあたりから話をはじめなかったのだろうか。なぜ、その前に鼠の話をしたのだろうか。しかも、なぜ鼠の部屋に女がいた話をしたのだろうか。小説のよい読者になれるかなれないかは、たとえばこういうところに「なぜ?」と引っかかれるか引っかかれないかにかかっている。

次に行こう。「君のバッグをひっくり返してみると財布とキー・ホルダーと君あての葉書が一枚出てきた。僕は財布の金で勘定を払い、葉書の住所を頼りに君をここまで連れてきて、鍵を開けてベッドに寝かせた」（三十七ページ）。葉書、葉書、葉書だ。なぜ私信であって、しかも内容を読みやすい葉書のことに何度も言及するのだろう。それで、当然こうなる。


「葉書は？」

「バッグの中に入ってるよ。」

「読んだ？」

「まさか。」

「何故？」

「だって読む必要なんて何もないよ。」

僕はうんざりした気分でそう言った。彼女の口調には僕を苛立たせる何かがあった。

（三十八～三十九ページ）


「小指のない女の子」にとっては読まれたくない葉書なのだ。だから、確認したのだろう。でも、「僕」は多分読んでいる。こういうときに、「読みました」と言うバカはいない。いや、もしかしたら読まなかったのかもしれない。しかし、たとえ読んでいなかったとしても、

「僕」はこの葉書で「小指のない女の子」の住所を確認しているのだから、葉書の表に書かれた差出人もわかったはずである。誰からの葉書だったのだろうか。おそらく、差出人を確認しただけで、内容は想像がついたのだろう。「読む必要なんて何もない」のだ。だから、鼠の話から説明をはじめたのだ。鼠の話から説明をはじめることが不自然であることを知りながら、それも含めて彼女に伝わるようにである。

つまり、こういうことだ。おそらく、この「小指のない女の子」は鼠の恋人だろう。そして、いま鼠とうまくいっていない。別れ話が出ているところかもしれない。鼠とうまくいっていない原因は、鼠のアパートにいた女かもしれない。「僕」はそうした状況を葉書で読んだか、それとも鼠から聞いていたのだろう。いずれにせよ、「僕」にはそうした状況がわかっているのだ。

ケネディーがつなぐもの

「ねえ、昨日の夜のことだけど、一体どんな話をしたの?」

車を下りる時になって、彼女は突然そう訊ねた。

「いろいろ、さ。」

「ひとつだけでいいわ。教えて。」

「ケネディーの話。」

「ケネディー？」

「ジョン・F・ケネディー。」

彼女は頭を振って溜息をついた。

「何も覚えてないわ。」（四十四～四十五ページ）

彼女は覚えていないが、ケネディーの話をしたらしい。ケネディーはこの小説のキーワードの一つだ。その前にケネディーが出てくる6節は、ほぼ全体が「僕」の一人称で書かれたこの「手記」の中では変格と言っていい。鼠とある女性が話している短い場面だけが切り取られている。「僕」がいない、この「手記」の中での唯一の場である。


「ねえ、人間は生まれつき不公平に作られてる。」

「誰の言葉？」

「ジョン・F・ケネディー。」（二十八ページ）

最後に「ジョン・F・ケネディー」と口にしたのは、鼠のほうである。つまり、「小指のない女の子」が「ジョン・F・ケネディー」の話を「僕」にしたのは、それを鼠から聞いたからなのだ。彼女が鼠と恋人同士だったという「事実」は、この「ジョン・F・ケネディー」という言葉からも推測できる。

「偶然」訪れるレコード店

15節では、「僕」はふらっと港の近くのレコード店に行く。そうしたら、偶然そこで「小指のない女の子」が働いていた。……かのように書いてあるが、そうだろうか。

「小指のない女の子」のアパートに泊まった次の朝、「僕」は仕事に行く彼女を「港の近く」まで車で送っているのだ。それを知っている読者は、「しばらく港の辺りをあてもなく散歩してから、目についた小さなレコード店のドアを開けた」（六十三ページ）などと書かれても、「おとぼけもいい加減に」と言いたくなるはずだ。「僕」が「小指のない女の子」を探していたのは、あまりにも明らかではないだろうか。仮にそのことに「僕」自身が気づいていなくても、である。「僕」のために、人はときとして自分の意識していないことをするものだ、と弁護しておこうか。

なによりも、「僕」が（たとえ本人にその自覚がなくとも）「小指のない女の子」を探していたことは、彼女自身の言葉からわかってしまう。

「何故ここで働いてるってわかったの？」
彼女はあきらめたようにそう言った。（六十四ページ、傍点石原）

あの日、「港の近く」まで車で送ってもらった彼女は（それは、彼女にしてみれば決定的なミスだった）、いつか「僕」が自分が働くレコード店を探しあてることを予期していたのだろう。だから、「僕」がレコードを買ってから食事に誘うと、「もう私に構わないで」と言い放つのである。「僕」が何を望んでいるかは、彼女のほうがよく知っているようだ。

このとき「僕」の買ったレコードは、16節に出てくる。

鼠はしばらく考えてから大声で笑った。僕はジェイを呼んでビールとフライド・ポテトを頼み、レコードの包みを取り出して鼠に渡した。

「なんだい、これは?」

「誕生日のプレゼントさ。」

「でも来月だぜ。」

「来月にはもう居ないからね。」

鼠は包みを手にしたまま考えこんだ。

「そうか、寂しいね、あんたが居なくなると。」鼠はそう言って包みを開け、レコードを取り出してしばらくそれを眺めた。

「ベートーベン、ピアノ協奏曲第3番、グレン・グールド、レナード・バーンステイン。ム……聴いたことないね。あんたは?」

「ないよ。」

「とにかくありがとう。はっきり言って、とても嬉しいよ。」(六十八〜六十九ページ)

「僕」は、鼠の誕生日が来月だとわかっているのに、お互いに興味もない曲のレコードを鼠にプレゼントしている。

これは、レコード店で働いている彼女のところへ行けというサインだ。レコードの「包み」が、「小指のない女の子」の働いている店のものであることは、鼠にはすぐにわかるはずだからである。「君たちの関係はこじれている。だから葉書などで済ますな。逃げていないで、レコード店に行け」という、「僕」のアドバイスだ。

「わかるよ」の意味

18節になって、「僕」に彼女から電話がかかってくる。

「あなたの電話番号捜すのに随分苦労したわ。」
「そう？」
「『ジェイズ・バー』で訊ねてみたの。店の人があなたのお友達に訊ねてくれたわ。背の高いちょっと変った人よ。」（七十二ページ）

なぜ彼女は『ジェイズ・バー』と店の名を強調したのだろう（『　』符号はたぶん強調したということを示している）。「背の高いちょっと変った人」は、鼠かもしれない。今度は、彼女のほうから「僕」に謎かけをしているのだ。

そもそも彼女がジェイズ・バーで泥酔していたこと、そして「僕」の電話番号を知るためにジェイズ・バーに行ったこと自体が、偶然にしてはできすぎだろう。このとき、彼女は「みんな寂しがってたわ」（傍点石原）と言ってもいる。彼女にとってもジェイズ・バーは馴染みの店で、鼠とそこでしばしば会っていたとしか考えられない。

「僕」が「小指のない女の子」のアパートに泊まった次の朝、彼女は「意識を失くした女の子と寝るような奴は……最低よ」と「僕」を罵っていた。それが、この日の電話では「ひどいことを言ったから」、「謝りたかった」と言う。「僕」の無実が証明されたからだろうが、彼女はなぜ「僕」が無実だと思ったのだろうか。それはおそらく、ジェイズ・バーで、「僕」が鼠の友人だということを知ったからにちがいない。


「……ねえ、いろんな嫌な目にあったわ。」

「わかるよ。」

「ありがとう。」

彼女は電話を切った。（七十三ページ）

「いろんな嫌な目にあったわ」と言われて、僕はすぐに「わかるよ」と答えている。事情がわかっているからだ。それを知っているから、「小指のない女の子」も「わかるよ」という「僕」の言葉を素直に受け入れた。

「僕」の三人目の相手

ここで、「僕」がなぜ泥酔した「小指のない女の子」のアパートに一晩泊まったのかを考えてみよう。「僕」は初対面の見ず知らずの女性のアパートに勝手に泊まるような男だろうか。「僕」が二人目に寝た女の子は、激しいデモがあった夜に「地下鉄の新宿駅」で「あった」のだから、そういう感じがしないではない。しかし、「僕」の「最初の女の子」は高校時代のクラスメートだし、三人目に寝た女の子は恋人である。二人目に寝た女の子は例外的という感じではないだろうか。

この中で、三人目に寝た女の子は自殺している。どうやら、この三人目の相手がこの謎をとく鍵らしい。

三人目の相手は大学の図書館で知り合った仏文科の女子学生だったが、彼女は翌年の春休みにテニス・コートの脇にあるみすぼらしい雑木林の中で首を吊って死んだ。彼女の死体は新学期が始まるまで誰にも気づかれず、まるまる二週間風に吹かれてぶら下がっていた。（七十七ページ）

「翌年の」などと書いてあるのでわかりにくくなるのだが、「僕」が彼女と付き合っていた期間は、前の年（一九六九年）の夏休みから次の年（一九七〇年）の春休みまでの八ヶ月間である。つまり、この「三人目の相手」が自殺したのは、「僕」にとってはついこの前の春休みのことなのだ。「僕」は、この物語中の現在の夏休みと、同じ年の春休みに彼女に死なれているのである。ほんの数ヶ月前の話だ。

当時の記録によれば、1969年の8月15日から翌年の4月3日までの間に、僕は358回の講義に出席し、54回のセックスを行い、6921本の煙草を吸ったことになる。（九十六ページ）

八月十五日は最初にセックスをした日であって、四月三日が最後にセックスをした日だ。つまり、本格的に付き合いはじめたのは前年の八月十五日。ほぼ一年前に「僕」は彼女と付き合いはじめたのである。ということは、この記述は「そういえば僕たちは去年の八月十五日、ほぼ一年前にはじめてのセックスをしたんだな」と、「僕」が感慨にふけっていたことを示唆している。

先の記述に従えば、「僕」は一九七〇年四月三日に最後のセックスをして、翌日の四月四日に彼女は自殺している。そして、十四日間発見されなかった。

そんなわけで、彼女の死を知らされた時、僕は6922本めの煙草を吸っていた。

（九十六ページ）

「僕」は四月三日に六九二一本目の煙草を吸っているが、六九二二本目の煙草を吸っていたのは四月四日ではない。彼女の死は二週間誰にも気づかれなかったのだから、「僕」が彼女の死を知らされたのも二週間後のはずである。したがって、四月十八日ということになる。

「僕」は二週間の間、一本も煙草を吸っていない。彼女と決定的なことがあって別れてから、煙草を吸える状態にまで心が回復するのに二週間かかったということだ。

重ね合わされる二人の女性

次に、鼠と「僕」の会話を引く。


「頼みがあるんだ。」と鼠が言った。

「どんな?」

「人に会ってほしいんだ。」

「……女?」

少し迷ってから鼠は肯いた。

「何故僕に頼む?」

「他に誰が居る?」(九十八ページ)

「僕」は、鼠が「小指のない女の子」のことで悩んでいることがわかっているのだ。しかし、彼女と会ってほしいという鼠の提案は取りやめになった(一二〇ページ)。その後、「一週間ばかり鼠の調子はひどく悪かった」（一〇九ページ）。この一週間の意味はわかりやすい。「小指のない女の子」は一週間旅行に出ると「僕」に言っているからである。この一週間の間に「小指のない女の子」が何をしたのかも、わかりやすい。お腹の子供を堕《お》ろすためであることは、はっきり書かれている（「手術したばかりなのよ。」一四三ページ）。

ここで、34節に書かれた「僕」と自殺した女の子との会話を参照しておこう。


「ねえ、私を愛してる？」

「もちろん。」

「結婚したい？」

「今、すぐに？」

「いつか……もっと先によ。」

「もちろん結婚したい。」

「でも私が訊ねるまでそんなこと一言だって言わなかったわ。」

「言い忘れてたんだ。」

「……子供は何人欲しい？」

「3人。」

「男？　女？」

「女が2人に男が1人。」

彼女はコーヒーで口の中のパンを嚥み下してからじっと僕の顔を見た。

「嘘つき！」

と彼女は言った。

しかし彼女は間違っている。僕はひとつしか嘘をつかなかった。（一三三〜一三四ページ）

彼女がこんな会話をする理由もわかりやすい。彼女は自分が妊娠していることに気づいたのだろう。この会話で、「僕」も彼女が妊娠していたことを知ったはずである。この三人目に寝た女の子は、「僕」の子供を身ごもったまま自殺したのだ。彼女の自殺後に、その事実を改めて聞かされただろうことも想像に難くない。

「小指のない女の子」の置かれた状況と「僕」の三人目の女の子の置かれていた状況が似ていることに気づいただろうか。ここに、「僕」がアパートに泊まった理由が隠されているのではないだろうか。

信頼できない語り手

ここで少し横道に入ろう。この34節はこういうふうにはじまっていた。

僕は時折嘘をつく。
最後に嘘をついたのは去年のことだ。（一三一ページ）

この記述と先の引用部とを付き合わせれば、「僕」が「最後に嘘をついた」のは一九六九年の秋のことになる。ところが、時系列的にはその後に位置する一九七〇年の夏（つまり物語の現在）に、こういう場面があるのだ。

ジェイズ・バーで「グレープフルーツのような乳房をつけ派手なワンピースを着た30歳ばかりの女」（この女性が鼠の新しい恋人かもしれないが）といっしょになるところだ。

「ねえ、私って幾つに見える?」

「28。」

「嘘つきねえ。」

「26。」

女は笑った。(四十九ページ)

はじめに「30歳ばかりの女」とあるのだから、「女」に言われるまでもなく、いずれも「嘘」だろう。「最後に嘘をついたのは去年のことだ」という記述と辻褄が合わない、矛盾しているのである。

単純に考えれば、「最後に嘘をついたのは去年のことだ」という記述のほうが「嘘」だということになるだろう。しかも22節の、大学で「猫を使った実験」の話をする場面では、「もちろん殺したりはしない、と僕は嘘をついた」とはっきり書かれているのだ。これではこの「手記」は「嘘ばかり」ということになる。

それ以外にも、辻褄の合わないことがある。この一夏の物語は「1970年の8月8日に始まり、18日後、つまり同じ年の8月26日に終る」とはっきり書かれていた。ところが、日程表を作って綿密に調べ上げた加藤典洋《かとうのりひろ》によれば、はじまりは「8月8日」でいいとしても、終わりは8月26日以降にどうしてももう一週間必要だと言うのだ。

そこで、加藤典洋は「鼠幽霊説」を唱えることになる。「僕」は現実界と鼠のいる他界とを行き来しているというのだ（「夏の十九日間——『風の歌を聴け』の読解」『村上春樹論集②』若草書房、二〇〇六・二）。『羊をめぐる冒険』までを視野に入れれば荒唐無稽とまでは言えないが、『風の歌を聴け』にとどまるのであれば、やはり無理がある。

これらを作者である村上春樹のミスと考えることもできる。それも悪くはない。そこで判断停止できるのなら、それはそれで幸せかもしれない。しかし、それではどの言葉なら「まちがっていない」と判断できるのだろうか。いったいどういう基準を設ければ、まちがっている言葉とまちがっていない言葉を選り分けることができるのだろうか。実は、作者のミスと考えても、僕たち読者は判断を停止することはできないのだ。

そこで、テクストを投げ出す前に、もう一つの態度を取ってみる必要がある。それは、これらの辻褄の合わないところをも、テクストを読む解釈項目に加えてしまうことだ。小説ではあらゆる言葉が意味を持つか、さもなければ何ものをも意味しないのである。

どうやらこういう結論になりそうだ。「「僕」の語りは信頼できない」と。これは、『風の歌を聴け』に書き込まれた言葉をすべて信頼しないという意味ではない。「僕」はいい加減な奴だと断定することでもない。僕たち読者は、「僕」の「手記」の言葉を信じないではこのテクストは読めないが、さりとてすべてを信じるわけにもいかないという窮地に立たされたことになる。そこで、このテクストのほころびがどうしてできたのかを考えてみよう。

ポイントは、はみ出した一週間だろう。どの部分がはみ出したのかを決めようとするのが無意味なことは言うまでもない。全体を足すと一週間はみ出すのだから。しかし、「一週間」というまとまりには注目していいのではないだろうか。

『風の歌を聴け』というテクストで「一週間」というまとまりは五回しか使われていない。「僕」がレコード店で「小指のない女の子」に再会するとき（六十四ページ）、「僕」がジェイズ・バーに「一週間」ご無沙汰したとき（七十二ページ）、そして「小指のない女の子」が堕胎をすることに関してだ（九十四、一〇九、一三〇ページ）。

どうやら『風の歌を聴け』は「小指のない女の子」をめぐる二つの物語が組み合わせられて成立したテクストであるようだ。一つは鼠と「小指のない女の子」の物語で、もう一つは「僕」と「小指のない女の子」の物語である。はみ出した一週間について考えるなら、「僕」

と鼠との間に起きた出来事に無理があったのではなく、鼠と「僕」が「小指のない女の子」にそれぞれ関わる物語を並列させることに無理があったのだ。もう少し踏み込んで言えば、鼠と「小指のない女の子」との物語が「僕」と「小指のない女の子」の物語に転換するところに無理があったのだ。それを一つの「手記」として書こうとした結果、信頼できないテクストになってしまったのである。

それは、最終的には「僕」と「小指のない女の子」の物語を隠しながら書くためだったにちがいない。彼女の欠けた左手の小指が、「指切りげんまん」（約束）をする指であることも、何かの象徴かもしれない。

では、「小指のない女の子」をめぐる二つの物語とはどのようなものだろうか。本線に戻ろう。

二つの物語

小説の最後近く、「小指のない女の子」は「僕」にこう語りかける。

「私とセックスしたい？」

「うん。」

「御免なさい。今日は駄目なの。」

　僕は彼女を抱いたまま黙って肯いた。

「手術したばかりなのよ。」

「子供?」

「そう。」（一四三ページ）

　ここには問題が二つある。

　第一は、「手術」と聞いて、「僕」がなぜすぐに「子供」と答えられたのかということだ。それは、「僕」がそれを知っていたからだろう。

　この日、「小指のない女の子」は「あなたには嘘をついていたのよ」と告白し、「本当のことを聞きたい?」とそのことについて話したがっていた。しかし、「僕」はおそらく故意に突然牛の解剖の話をはじめて、彼女の出鼻を挫《くじ》いてしまう。知っていたから聞く必要がなかったし、彼女にそのことを言わせたくもなかったのだろう。彼女も「僕」がすでにそのことを知っていることを、知ったはずである。だから、彼女も「わかったわ。何も言わない。」

といったんは、告白を諦《あきら》める。

　第二は、「小指のない女の子」は「僕」がそのことを知っていることを知っていながら、なぜあえて「私とセックスしたい?」と聞いたのかということだ。それは、「小指のない女の子」にとっては、「僕」のイエスという返事だけがほしかったからだろう。「僕」はそのすべてを知りながら、「うん。」と答えた。

『風の歌を聴け』の中には二つの物語がしまい込まれていると先に述べた。

　一つは一九七〇年の夏に起きた鼠と「小指のない女の子」の物語である。「小指のない女の子」は鼠の子供を妊娠したものの、おそらくそれが原因で関係がうまくいかなくなったことを悟って、その子供を堕ろした。あるいは、二人の「家の格」の違いから来るハビトゥス（趣味とか品格といったもの）の違いがそもそもの原因なのかもしれない。「ねえ、人間は生まれつき不公平に作られてる」（二十八ページ）、これは鼠の言葉だった。「小指のない女の子」は、それを受け入れるしかなかったのだろう。「僕」が自分の家には「金がない」と言うと、「小指のない女の子」は「私の家の方がずっと貧乏だったわ。」と受ける。

「何故わかる?」

「匂いよ。金持ちが金持ちを嗅ぎわけられるように、貧乏な人間には貧乏な人間を嗅ぎわけることができるのよ。」（七十九ページ）

「僕」が彼女の家のことについて聞くと、彼女はそれを話したがらない。そういう彼女に、「僕」は「僕ならそのことについて誰にもしゃべらない」と言う。いったい誰に「しゃべらない」ことが確認されなければならなかったのだろうか。

ここで思い出しておきたいのは、鼠が、敗戦前後に一儲けして「金持ちになった」（一〇八ページ）自分の父親をひどく憎んでいるらしいことである。ここからは鼠の反戦思想が読み取れるが、いま重要なのは鼠が「金持ち」を憎んでいるという一点である。

「金持ちなんて・みんな・糞くらえさ。」（十四ページ）

「時々ね、どうしても我慢できなくなることがあるんだ。自分が金持ちだってことにね。逃げだしたくなるんだよ。わかるかい？」（一一六ページ）

この問いに、「僕」は「わかるわけないさ。」と答えている。すると、鼠は小説を書こうと思うと言いはじめて、「何年か前にね、女の子と二人で奈良に行った」ときの話をする。おそらく、鼠は「小指のない女の子」に「匂い」を「嗅ぎわける」ことのできる嗅覚がある限り、自分たちがいっしょにはいられないことが痛いほどわかっているのだ。二人は違う世界に生きているからである。これが、鼠と「小指のない女の子」の物語である。

もう一つは「僕」と「小指のない女の子」との物語だ。実はこの二つ目の物語には、この「手記」の深層に隠された、この春に自殺した恋人と「僕」との三つ目の物語が深くかかわっている。

三人目に寝た女の子を妊娠させたまま自殺させてしまったばかりの「僕」は、それをものすごく後悔していた。そして、同じように身ごもって鼠と別れ話になっている「小指のない女の子」とジェイズ・バーで出会ってしまった。「僕」はこう思ったにちがいない。もしこのまま自分が帰れば、この「小指のない女の子」は自分の三番目の女の子のように自殺するかもしれない、と。だから、僕はあの晩彼女のアパートから帰らなかった。彼女を見守ったのだ。これが、「僕」が引きずっている三番目の女の子との物語だ。

鼠が彼女のことで「僕」に相談しようとしてやめたところがあった。そのとき、「僕」はこう言うのだった。

「条件はみんな同じなんだ。故障した飛行機に乗り合わせたみたいにさ。もちろん運の強いのもいりゃ運の悪いものもいる。タフなのもいりゃ弱いのもいる、金持ちもいりゃ貧乏人もいる。だけどね、人並み外れた強さを持ったやつなんて誰もいないんだ。みんな同じさ。何かを持ってるやつはいつか失くすんじゃないかとビクついてるし、何も持ってないやつは永遠に何も持てないんじゃないかと心配してる。みんな同じさ。だから早くそれに気づいた人間がほんの少しでも強くなろうって努力するべきなんだ。振りをするだけでもいい。そうだろ？ 強い人間なんてどこにも居やしない。強い振りのできる人間が居るだけさ。」（一二一ページ）

みんな人間は弱い、ただ強いふりのできる人間と強いふりのできない人間がいるだけだと「僕」は言っている。弱いという面では「みんな同じさ」と言っているわけだ。

二回目の「みんな同じさ」には傍点が振ってある。これは、いま採用している「物語の枠組み」から読めば、「僕も同じさ」という意味になるはずだろう。鼠に「「僕」も君と同じように弱い人間さ」と言おうとしている。「僕」は、三人目の女の子が自殺したのは、自分の弱さが原因だったと思っているのだろう。だから鼠に強くなれ、その振りをするだけでもいいと言っているのだ。

「完璧な絶望が存在しないようにね」

ここで、この小説に数字がたくさん出てくることに注目しておこう。「僕」の三人目の女の子が自殺したのは4月の4日である。ところが、この物語は8月8日にはじまっている。数字が倍になっているのである。

「僕」にとってこの物語は、反復された物語だということを暗示しているのではないだろうか。「小指のない女の子」の左手の指は4本だし、彼女がはじめて登場するのは8節だった……。つまり、「小指のない女の子」は「僕」にとってほんの少し前の春休みに妊娠して自殺した女の子の再来のように思えたはずなのだ（田中実「数値の中のアイデンティティ――『風の歌を聴け』」『日本の文学』第7集、有精堂、一九九〇・六）。また、自殺した女の子は仏文学科に通っていたが、「小指のない女の子」はYWCAでフランス語を学んでいる。ここにも、つながりの糸が見える。「僕」と三人目の女の子との間の物語と、「僕」と「小指のない女の子」

の物語は重なっているのだ。

『風の歌を聴け』の冒頭の一文を見ておこう。

「完璧な文章などといったものは存在しない。完璧な絶望が存在しないようにね。」（七ページ）

「完璧な文章などといったものは存在しない」。これはこの小説のことだ（正確に言えば、「僕」の書いた「手記」のことだ）。実際、ほころびがあった。しかも、隠しながら書いていた。小説家はそういうものだ。言いたいことをそのまま書くのだったら評論家になればいい。人はなぜ小説家になるのかといえば、言いたいことを隠すために小説家になるのである。「僕」もそれと同じだった。

まさにこの「手記」は一番言いたいことを隠している。つまり、「僕」は春休みに彼女に自殺されたことをすごく後悔している、これはそのことを隠すために書かれた「手記」だと言える。「完璧な絶望が存在しないようにね」。なぜ完璧に絶望しないのか。それは、「僕」は三人目の女の子には自殺されたけれども、「小指のない女の子」は救うことができたからだ。少なくとも「僕」はそう信じているからだ。だから、「僕」は完璧に絶望しなくて済んだのである。

書くべき物語が隠されること、それはその物語が神話化することにほかならない。なぜなら、書くべき物語は隠されたのであって、抹殺されたわけではないからである。隠された物語は、自らの生きる場所を求めて何度も甦《よみがえ》ろうとする。抑圧されたものは回帰する。これが、物語が神話になるということだ。

「書くべき物語」とは「僕」と三人目の女の子との間に起きた物語のことである。それは隠されたがゆえに神話のように甦って、「僕」と「小指のない女の子」の物語となったのだ。これが自己神話化の一つの形である。

言葉がなければ存在しない

ここで、先の冒頭の一文の意味するところについて、まったく別の角度から考えてみたい。少年の「僕」があまりにも無口なので、精神科医からカウンセリングらしきものを受けるところを引用しよう。

文明とは伝達である、と彼は言った。もし何かを表現できないなら、それは存在しないのも同じだ。いいかい、ゼロだ。もし君のお腹が空いていたとするね。君は「お腹が空いています。」と一言しゃべればいい。僕は君にクッキーをあげる。食べていいよ。(僕はクッキーをひとつつまんだ。)君が何も言わないとクッキーは無い。(医者は意地悪そうにクッキーの皿をテーブルの下に隠した。)ゼロだ。わかるね? 君はしゃべりたくない。しかしお腹は空いた。そこで君は言葉を使わずにそれを表現したい。ゼスチュア・ゲームだ。やってごらん。

僕はお腹を押さえて苦しそうな顔をした。医者は笑った。それじゃ消化不良だ。(三十ページ)

ここで重要なのは、「言葉がなければはゼロだ」という意味のことを医師が言っているところだ。この小説には、他にも言葉にまつわる記述が多く書き込まれている。このような記述を合わせると、どうも『風の歌を聴け』は、あたかも「言語論的転回」という立場に挑戦しているかのように見える。

言語論的転回はヴィトゲンシュタインという哲学者の思考がもとになっていて、それまでの「言語が世界を伝える」という、世界は言語よりも先に存在していて言語はそれを伝える道具にすぎないと考える言語観（言語道具説）に異議申し立てをし、言語と世界の関係を引っくり返した。そこで、宇宙が動いていると考える天動説に対して、動いているのは地球のほうだと言って地動説を唱えた「コペルニクス的転回」をもじって、言語論的転回と呼ばれるのである。

言語論的転回は「世界は言語である」というテーゼによって示される。言語論的転回においては、言葉の先にただモノとして存在しうるような世界は想定されていない。それどころか、僕たちはモノそのものに触れることさえできないと考える。言葉がすべてだからだ。

妙な言い方をするなら、僕たちが生きている世界はすべて言葉で汚染されている。つまり、言葉で意味づけられてしまっている。言葉が意味するようにしか、世界は存在しない。だから、言葉の外に世界はない。僕たちはまるで言葉の世界に閉じ込められているようなものだ。このことをやや皮肉を込めて「言語の牢獄」と呼ぶ人もいるし（ジェイムソン）、あるいは「テクストに外部はない」と言う人もいる（デリダ）。

僕がいつも使う具体例を挙げよう。日本の医療現場では「抑制」という医学用語がよく使われていた。簡単に言えば、徘徊《はいかい》したり暴れたりする患者をベッドに縛りつけることだ。ところが、これは非人間的だと考えた医師がいて、それまで「抑制」と書かれていた看護日誌に「縛った」と書かせた。すると、看護師に大変な抵抗が出てきた。「抑制」と書くと医療行為の一つだと思えるが、「縛った」と書くと人間の自由を奪ったとしか思えなくなったのだ。その後その病院では、ベッドに患者を縛りつける行為が激減したと言う。

これは、一つの行為が別々の呼び方をされたということではない。「抑制」という行為と、「縛った」という行為が別々にあるのだ。言語論的転回の立場から見ると、そうなる。

言語論的転回の向こうへ

この小説にはそういう言葉がはっきり書き込まれている。「もし何かを表現できないなら、それは存在しないのも同じだ。いいかい、ゼロだ」。これはまさに言語論的転回の思考だと言える。それを聞いた「僕」は「まるで堰を切ったように」しゃべりはじめて、そのうち「無口でもおしゃべりでもない平凡な少年」になった。言葉を口にすることによって、彼ははじめて世界を手に入れた。そういう儀式を十四歳のときに行なったのである。

しかし、二十九歳の「僕」はこの「手記」のはじめに「完璧な文章などといったものは存在しない。完璧な絶望が存在しないようにね」という言葉を「引用」しているのだ。言語論的転回のような儀式を十四歳で終えて言葉にすることの意味を知った「僕」は、知ったからこそ、二十九歳になるまで書くことができなかった。なぜだろうか。それは、言葉で書いてしまえばそこに世界が存在してしまうからだ。それは、言葉で書いてしまえば「僕」が隠したかったことまで存在してしまうことを意味する。

書かれたことがすべて存在するのであれば、隠すことができなくなる。しかし、おそらく「僕」は書きたかったし、その一方で隠したかったのだ。「僕」は書けない。隠すことができるようになるまで、書けない。そこで、「僕」は言語論的転回の裏をかかなければならないことになる。その方法を手にしたときに、「僕」はこの「手記」を書くことができた。

僕にとって文章を書くのはひどく苦痛な作業である。一ヵ月かけて一行も書けないこともあれば、三日三晩書き続けた挙句それがみんな見当違いといったこともある。
それにもかかわらず、文章を書くことは楽しい作業でもある。生きることの困難さに比べ、それに意味をつけるのはあまりにも簡単だからだ。
十代の頃だろうか、僕はその事実に気がついて一週間ばかり口もきけないほど驚いたことがある。少し気を利かしさえすれば世界は僕の意のままになり、あらゆる価値は転

換し、時は流れを変える……そんな気がした。（十二ページ）

十代の「僕」にとって、まさに「世界は言語」だった。しかし、「それが落とし穴だと気づいたのは、不幸なことにずっと後だった」と言う。「失ったもの、踏みにじったもの、とっくに見捨ててしまったもの、犠牲にしたもの、裏切ったもの」が多すぎたのだと言うのだ。「僕たちが認識しようと努めるものと、実際に認識するものの間には深い淵が横たわっている」ということを「僕」は知った。「僕たちが認識しようと努めるもの」は世界だ。「実際に認識するもの」は言葉だ。「僕」の言葉は完全な世界にはならなかったのである。

皮肉にも、言葉から世界がこぼれ落ちることを知ったとき、「僕」は書くことができる条件を手にしたのだ。すなわち、隠すことができるようになったのだ。

こうして「完璧な文章などといったものは存在しない」という確信を得たときに、はじめて「僕」は書くことができた。それは、書いたことの他に何かがあると信じることであり、同時にその何かを隠すことができると信じることである。念入りにも、「僕」は四十の断片に切り分けて、さらに読みにくく仕立て上げた。ただし「僕」が隠したことは、この小説が発表されて二十年近く経った時点で、一人の研究者と一人の批評家によって謎ときされてしまったのだった。

新しく生まれ変わる物語

最後に、平野芳信が書いた要約を引用しておこう。

四カ月前に恋人に死なれた大学生の僕は夏になって生まれ故郷の海辺の街に帰省していた。馴染みのジェイズ・バーで親友の鼠とビールばかり飲んでいたある日、左手の小指の欠けた女の子が泥酔して洗面所に倒れているのを介抱する。彼女は鼠の恋人らしいが、彼との仲がうまくいっていないらしい。ふとしたことで彼女がレコード店で働いていることを知った僕はそれとなく鼠に教えるが、二人の仲は好転しない。鼠は思い余って、僕に彼女とのことを相談しようとする。しかし、彼女は宿していた子供を中絶してしまう。同じような経験を持つ僕は居たたまれない気持ちで二人を見守るしか術がなかった。虚しく全てが終わり僕は東京に戻った。

僕のこれまでの解読はこれに「味つけ」をしたから微妙に違っているが、平野芳信という巧みな読み手によって『風の歌を聴け』は新しい「物語」になったのである。「僕」が抱え込んだ書くことの困難は、新しい「物語」を生む装置でもあったことになる。そして、それが小説を「古典」（＝神話）にする条件だったのである。「古典」（＝神話）とは何度も新しく読み直されるテクストを言う。次節で、僕はこの「物語」をさらに変形させようと思う。『風の歌を聴け』を「神話」たらしめるためにである。「僕」が本当は何を隠したかったのか、それはその過程で明らかになってくるだろう。

2 「僕」が鼠を殺す物語

4と9

前節で、「ジョン・F・ケネディー」が鼠と「小指のない女の子」をつなげるキーワードになっていることを確認したが、『風の歌を聴け』には、ケネディーの名前が全部で四回出てくる。

僕がものさしを片手に恐る恐るまわりを眺め始めたのは確かケネディー大統領の死ん

だ年で、それからもう15年にもなる。（十一ページ）

「僕」は「いま」二十九歳だから、このときには十四歳だったことになる。これが一回目。二回目と三回目は鼠と「小指のない女の子」に関わるのだった。これは、前節で触れた。四回目はこんなふうに出てくる。

僕は彼女の写真を一枚だけ持っている。裏に日付けがメモしてあり、それは1963年8月となっている。ケネディー大統領が頭を撃ち抜かれた年だ。（中略）彼女は14歳で、それが彼女の21年の人生の中で一番美しい瞬間だった。（二〇一ページ）

三人目の女の子と「僕」は同い年ということになる。彼女と「僕」がともに十四歳のときが、ケネディーという言葉で結びつけられているのである。この小説に四回出てくるケネディーという言葉は、二組の男女のことをも結びつけている言葉だったのだ。一つは直接的に鼠と「小指のない女の子」。もう一つはやや間接的に「僕」と三番目の女の子である。そして、これら二つの物語は数字でも結びつけられている。

4節は、鼠がはじめて登場する。日本語で4は縁起の悪い数字だ。日本人は野球の背番号に4をつけないし、病院の部屋番号でも4が抜けているのがほとんどだろう。当然4が「死」を連想させるからだ。次は9節である。「小指のない女の子」はもう少し前から出てきてはいるが、「僕」に鼠と「小指のない女の子」のつながりが葉書によってわかるのが9節だった。この女の子は9本しか指がないから、ここまでくると、数字が物語を動かしているような感じを与える。そして、日本語では9も「苦労」を連想させるから縁起が悪い数字だ。それが4である鼠とつながっていることに何か奇妙な符合を感じる。

4月4日という具合に4が二つ重なっている数字自体にも意味があり、それが4の倍の数字である8月8日からはじまる物語と関係があったことも思い出したい。

あまり意味のない数字遊びをしているように見えたかもしれないが、これが本題に関係してくるのである。

猫と鼠

少年の「僕」がカウンセリングを受けている場面を見ておこう。

「猫について何んでもいいからしゃべってごらん。」

僕は考える振りをして首をグルグルと回した。

「思いつくことなら何んだっていいさ。」

「四つ足の動物です。」（三十一ページ）

4という数字が出てきた。


「象だってそうだよ。」

「ずっと小さい。」

「それから?」

「家庭で飼われていて、気が向くと鼠を殺す。」（同）

「気が向くと鼠を殺す」。カウンセリングを受けている「僕」の言葉だ。「これは少年のときの言葉だから小説中の現在と関係づけてはいけない」などという理屈は、文学では成り立たない。小説に無駄な言葉はないからだ。少なくとも、読者にとって小説には無駄な言葉はない。あらゆる言葉が解釈の対象になる。小説を読むということは、そういうものだ。

ここでの問題は、少年の「僕」はなぜ「気が向くと鼠を殺す」などと言ったのかということではない。二十九歳の「僕」が二十一歳の「僕」を書くのに、なぜわざわざこのエピソードを書き込んだのかということだ。鼠は4（=死）という数字を背負ってこの物語に登場してきた。そして、もう一つ。鼠の恋人は左手の指が4本なのである。

猫の話はほかにも書き込まれている。


僕たちは彼女のプレイヤーでレコードを聴きながらゆっくりと食事をした。その間、彼女は主に僕の大学と東京での生活について質問した。たいして面白い話ではない。猫を使った実験の話や（もちろん殺したりはしない、と僕は嘘をついた。主に心理面での実験なんだ、と。しかし本当のところ僕は二ヵ月の間に36匹もの大小の猫を殺した。）

（九十ページ）


今度は「僕」が猫を殺す番である。少年の「僕」は「気が向くと鼠を殺す」という言葉を発する。二十一歳の「僕」は大学で生物学を専攻していて、猫を殺す実験をしている。鼠と猫。どうも関係がありそうだ。しかも、彼の親友のあだ名は鼠なのである。文学的イメージとしては、鼠も猫も、「僕」が生殺与奪の権を握っているらしい。ここから透けて見えてくるのは、この小説が「鼠を殺す物語」だということである。では、「僕」はどうやって親友の鼠を殺すのだろうか。

シャワーを浴びる「僕」

気になることがある。「僕」が「小指のない女の子」から謝罪をしたいと電話でジェイズ・バーに誘われるのが、18節。実際にジェイズ・バーで会うのが20節。その間に挟まれた19節には「僕」の性の遍歴が書かれているのだ。「僕はこれまでに三人の女の子と寝た」と。この構成にはどういう意味があるのだろうか。

さらに気になることがある。この初デート（?）の翌日、「小指のない女の子」から再び電話で誘いがある。

「こんにちは。私よ。」
「やあ。」と僕は言った。

「何かしてたの？」

「何もしてないさ。」（八十五〜八十六ページ）

「僕」は彼女のアパートに誘われた。そこで、こうなる。


「オーケー、一時間で来て。もし遅れたら全部ゴミ箱に放り込んじゃうわよ。わかった？」

「ねえ……。」

「待つのが嫌いなのよ。それだけ。」

彼女はそう言うと、僕が口を開くのも待たずに電話を切った。

僕はソファーにもう一度寝ころんでラジオのトップ・フォーティーを聴きながら10分ばかりぼんやりと天井を眺め、そしてシャワーに入り熱い湯で丁寧に髭を剃ると、クリーニングから戻ったばかりのシャツとバーミューダ・ショーツを着た。（八十六ページ）

「僕」は、彼女が「待つのが嫌い」だとせかしているのに、なぜ「10分ばかりぼんやりと天井を眺め」ていたのだろうか。そして、なぜシャワーを浴びたのだろうか。このとき「僕」はプールから帰ってきたばかりだったから、すでにプールでシャワーは浴びているはずなのだ。単に暑かったからシャワーを浴びたのだろうか。

鼠に頼まれて「彼女」とジェイズ・バーで三人で会うはずだったときにも、その前には「僕」はシャワーを浴びている（一〇三ページ）。次は、「僕」のほうから「小指のない女の子」を誘う番だ。彼女が「一週間」の「旅行」から帰ったときである。「帰ったら電話するわ」（九十四ページ）と彼女は約束していた。

電話のベルが鳴った。

「帰ったわ。」と彼女が言った。

「会いたいな。」

「今出られる？」

「もちろん。」

「5時にＹＷＣＡの門の前で。」

「ＹＷＣＡで何してる？」

「フランス語会話。」

「フランス語会話？」

「ＯＵＩ。」

僕は電話を切ってからシャワーに入り、ビールを飲んだ。僕がそれを飲み終えるころ、滝のような夕立が降り始めた。（一二八ページ）

この後、「僕」は彼女とＹＷＣＡで会って、レストランで食事をしてから、彼女のアパートまで二人で歩いた。そして、彼女のアパートに泊まった。泊まるように誘ったのは、彼女のほうからだった。

「僕」はなぜ「小指のない女の子」と会う前には必ずシャワーを浴びるのだろうか。

隠されている「欲望」

一見、「僕」は一日に「熱いシャワーに何度も入」るようにも読めるが、それはこの「手記」を書いている二十九歳の「僕」のことである（一一三ページ）。「僕」が二十一歳だった年の夏は暑いのだし、それに「僕」は出掛ける前には必ずシャワーを浴びる習慣があるのかもしれない。読者がそのように想像する自由はある。しかし、シャワーの場面の後には、必ず「僕」が「小指のない女の子」と会っていることが記述されている、この記述のしかたが問題なのだ。

「僕」が出掛ける前にいつもシャワーを浴びたかどうかということは問題ではない。それは書かれていないのだから、誰にもわからないことだ。「僕」が「小指のない女の子」と会う前には必ずシャワーを浴びることが書かれていることだけが問題なのだ。

もっと言えば、読者には「作者村上春樹の習慣だから書いたにすぎない」と考える自由もある。それも悪くない。しかし、ではほかにはそういう事柄が書かれていないのだろうか。どれが作者村上春樹の習慣でどれがそうでないかをどうやって見分けるのだろうか。それに、小説の言葉は現実から相対的に自立しているのだから、作者の習慣が書き込まれても、その記述は小説の言葉のネットワークの中で現実とは違った意味を持つ。

だから、ここも『風の歌を聴け』という小説に書かれた言葉の中で考えよう。それが、この本での立場だ。繰り返すが、小説には不要な言葉などない。そうすると、どういうことになるのだろうか。

ここから導き出される結論は、こうだ。「僕」の三回のシャワーの記述からあぶり出されるのは、「僕」の「小指のない女の子」に対する欲望だということである。もっとはっきり言えば、「僕」は「小指のない女の子」と寝るつもりで会っているのではないかということだ。この時点では「僕」はもう「小指のない女の子」が鼠の恋人であるということを知っているはずである。にもかかわらず、「僕」はこの「小指のない女の子」と親密なデートを繰り返しているのだ。

ただし、そう考えるにはいくつか問題は残る。一回目は問題がない。二回目は鼠と三人で会うのだから、そういう関係になることはあまり期待できないと考えられるのだ。しかし、可能性がまったくないわけではないし、ここで注目しているのは、シャワーに「僕」の欲望が表れているという点だけなのである。それが実現するか否かは、二次的な問題にすぎない。

三回目も、「僕」には「小指のない女の子」が直前に中絶の手術をしたことがわかっているのだから、そういうことを期待できる状況ではない。しかし、この夜、二人はシッカリと抱き合っているではないか。インターコースだけが男女の関係ではない。もしそれだけだとすれば、男女の関係はいかにも貧しい。「僕」はこの夜、「お母さん……」と呟《つぶや》きながら眠っていた彼女を抱いて、そのことを知ったのかもしれない。

これはどういうことだろうか。「僕」は鼠の元（?）恋人を奪うかのように親密な関係になっていく。

十四歳の「僕」の言葉とシャワー、この二つのファクターをつなげるのはどういう枠組みなのだろうか。僕が手にしているのはほんのわずかな細部の断片にすぎない。これらをつなげて、「鼠殺し」の「物語」に仕立て上げることができるのだろうか。結論までは、もうほんの一息だ。しかし、このことに答えを出すためには、ホモソーシャルについて説明しておかなければならない。ずいぶん長い回り道になるが、お付き合いいただきたいと思う。

ホモソーシャル

ホモソーシャルは、村上春樹文学を読み解く鍵となる概念なので、少し詳しく説明しておこう。

ホモセクシャルとホモソーシャルは違う。ホモセクシャルはふつう「ホモ」と略されるもので、男性同士が肉体的な関係を持つことを言う。ホモソーシャルはそれとはまったく違った概念で、「ソーシャル」だから「社会構造」のレベルの問題である。簡単に言ってしまえば、男性中心社会のことである。現在のわれわれの「父権制的資本主義社会」の性質はホモソーシャルと呼んでいい。ホモソーシャルな社会では男たちが社会を支配しているが、この男たちはあるやり方で男同士の絆を強めていく。それは「女のやりとり」である。これがホモソーシャルな社会を支えている。

僕の専門の漱石文学からわかりやすい例を挙げると、すでに指摘があるように（小森陽一「漱石の女たち――妹たちの系譜――」『季刊文学』岩波書店、一九九一・一）、『それから』は典型的なホモソーシャル小説と言える。

主人公は長井代助という東京帝国大学の卒業生で、三十歳の高等遊民。実家の近くに別居し、親からの送金で就職もせずにプラプラして暮らしている。その代助の学生時代からの友人に平岡がいる。二人の知り合いに三千代という女性がいて、おそらく代助と三千代は憎からず思い合っているような雰囲気がある。しかし、それはお互い口にしない。そこへ、平岡が三千代を好きだと代助に告白する。そうすると、代助は三千代と平岡が結婚できるように取り計らって、三千代と平岡が結婚する。

実はこれが物語の発端になっていくので、いったん平岡に渡した（作中の言葉を使えば「周旋」した）三千代を代助が取り戻す物語が『それから』の実質なのである。

これをまとめれば、代助と平岡という男同士の友達がいて、その男同士がお互いの絆、つまり友情を確認するために代助が三千代を平岡に譲る。ほとんど自分の手に入っていた女性を相手に「周旋」することで、代助と平岡の「友情」は強固になるわけだ。ただし、そうして築いたホモソーシャルな「友情」を崩すところに、『それから』の「新しさ」がある。

同じ漱石の『こころ』はこのバリエーションである。「先生」がいて、Kがいて、お嬢さん（静）がいて、三角関係のようになる。

発端は、「先生」がKの気持ちをほぐすためにと、お嬢さんとKをわざと近づけたところにある。実は、「先生」は結婚相手としてお嬢さんをもうほとんど手に入れているも同然の状態だった。そのお嬢さんをKに近づけることで、「先生」はKとの「友情」を再確認する形を取るわけだ。ところが、Kがお嬢さんを好きになってしまい、それを告白すると、慌てて取り戻すことになる。『それから』と同じ構図だ。

こういうホモソーシャルの構図の中では、女性は男同士の絆を強めるためにやりとりされる、いわば「貨幣」のような存在になる。したがって、ホモソーシャルな社会では「女性蔑視」の思想がベースとしてある。なぜなら、女性を他者として「尊敬」していたら「貨幣」のようには扱えないからだ。根底に「女性蔑視」の思想があるから、男同士は女性のやりとりができるのである。それがホモソーシャルな社会である。

ホモソーシャルな社会を個人レベルで見ると、もう一つの特徴が見えてくる。『それから』

では、第一段階では女性を相手に渡す。ところが、第二段階では女性を奪い返していた。単に女性の交換をすることで絆を強め合っているだけではなく、男は女性のやりとりを介して力比べをしているのである。

『こころ』の「先生」も力比べでKに勝った。あるいは、Kに勝つことがわかっていて、あらかじめお嬢さんをKに近づけた。そのことでKは自殺した。なぜ先生がそんなことをしたかというと、自分より上のポジションにいた（と「先生」には思えた）Kを引きずり下ろすためだ。これは「象徴的なK殺し」だと言える。力比べに勝つことは、最終的に相手を「殺す」ことなのである。これもホモソーシャルな社会の一面である（『こころ』については、二八九ページを参照）。

ただ愛しているだけだ

ここで、予想される反論に答えておこう。

その反論とは、「自分は愛し合って彼と結婚したのであって、決して「貨幣」のように扱われてはいない」というものである。「彼氏」の側から言えば、「彼女を貨幣のようには扱った覚えはない」となるだろう。もちろん、個人がこう考えるのはまったくかまわない。

しかし、「だから自分はホモソーシャルの構図に収まってはいないということにはならないのである。ホモソーシャルの構図と愛し合っているということとはまったく矛盾しないのだ。

端的に言えば、世の中ではホモソーシャルが機能しているけれども、本人同士は自分たちがただ愛し合っているだけだと感じてくれたほうが、ホモソーシャルな社会にとっては都合がいいのである。自分たちはホモソーシャルの社会に動かされて結婚すると思うよりは、愛し合っているから結婚するのだと思ってくれたほうが、社会としては都合がいいということだ。それは、ホモソーシャルが一つの思想、イデオロギーだからである。イデオロギーが最も円滑に機能するのは、そのイデオロギーが忘れられているときである。

先の反論の誤りは、ホモソーシャルであることは愛し合っていないことだと思い込んでいるところにある。しかし繰り返すが、ホモソーシャルと愛し合うこととは両立するどころか、そのほうがホモソーシャルにとっても都合がいいのだ。つまり、ホモソーシャルが機能することと個人的な感情があるかないか、愛しているか愛していないかということとは別次元の問題なのである。ホモソーシャルは社会レベルの機能であり、愛情は個人レベルの問題だ。

しかし、個人レベルの問題を社会レベルの問題が規定しているという考え方が、「ホモソーシャル」という思想をあぶり出すのである。

信じていなくても機能する

たとえば、僕たちは車社会に生きていて、多くの人が車に乗っている。だけれども考えてみれば、最近は減少してきたとは言え、いまでも年間に交通事故で七千人ぐらいの人が死んでいるのだ。

何か事故が起きて七千人もの人が死んだら世の中は大騒ぎになるはずだ。ところが、毎年七千人死ぬことがわかっていて、そして実際に七千人死んでいるのに、世の中は個別の交通事故については騒ぐけれども、七千人死んだことについてそれほど騒がない。毎年、阪神・淡路大震災で亡くなったのと同じくらいの人が交通事故で亡くなっているのにである。

実におかしな話である。たとえばウィニーというファイル交換ソフトを作った人は、有罪になった。悪用されるのがわかっていて作ったのだから、注意書きをつけてあっても罪があると言うわけだ。それならば自動車会社の社長はなぜ有罪にならないのだろうか。毎年七千人「殺す」ことがわかっている自動車を作っているのにもかかわらず、自動車会社の社長を殺人罪で訴えようという人はいない。しかも、自動車には「人を殺すことがあるので、乗りすぎには注意しましょう」といった注意書きさえないのだ。

それはなぜか。理由は簡単である。僕たちは車に乗るときには個人的には「便利」だとか「快適」だとか思っているだけだからだ。

しかし、「便利」とか「快適」は思想なのだ。近代という思想なのだ。近代は「できるだけ多くの物を、できるだけ遠くに、できるだけ速く移動させる」ことを目指してきた。たとえば、電子メールも近代という思想を形にしたものだと言える。

だから、僕たちが車社会を生きることは、近代という思想を肯定しているということ、近代という思想を生きているということにほかならない。ただ単に「便利さ」を手にしているわけではないのだ。

僕たちが何百万円か出して車を買ったときには、近代という思想をも買っているのである。したがって、極端な言い方をすれば、車が毎年七千人の人を殺しているのではなく、近代という思想が毎年七千人の人を殺しているのである。そのことを僕たちは忘れてしまっている。近代という思想が殺しているのではない、車が殺しているのだと僕たちは思っているはずだ。

こういうふうに、「車が殺している」と思うことが、近代という思想にとっては大変都合がいい。人びとが毎年七千人の命と引き換えに近代という思想を買っていることに無自覚であること、あるいは忘れてしまっていること、そのことが近代という思想にとっても、近代を生きる人びとにとっても、都合がいい。自分たちが選んだ思想のせいではなく、個々の車のせいにできるからだ。

だから、自動車会社の社長は殺人罪で訴えられることはない。彼を訴えることは、自分を訴えることになる。彼は、近代に生きる人びとの無意識を代表しているだけだからである。

これと同じように、ホモソーシャルという思想を忘れて、ただ自分たちは愛し合っているだけだと信じてくれたほうがホモソーシャルの社会にとっては都合がいい。自分たちが愛し合っていると信じることとホモソーシャルという思想が機能しているということはまったく矛盾しないどころか、ホモソーシャルの思うツボなのだ。

尊敬できる人？

ホモソーシャルについてもう少し詳しく考えておこう。

ホモソーシャルについては、上野千鶴子が「同質集団的」とか「同質社会的」という訳語を提案したことがある。これは異質嫌悪とか他者嫌悪といった概念とセットで捉えているからである。ホモソーシャルには異質なものを嫌悪する、他者を嫌悪するという性質が含まれていることを強調しようとしたわけだ。この訳語は定着しなかったが、これによって見えてくるものがある。

第一の問題は、均質な社会は異質なものを排除することによって均質になるところにある。そこに、排除の原理が働いているわけだ。第二の問題は、何を基準に均質とされているのかというところにある。ホモソーシャルでは男同士を基準としている。均質という中には女性は入らない。つまり、均質性を保つために社会から排除されるのは、社会の構成員の半分を占めているはずの女性なのである。

排除することで何が可能になるのだろうか。品のない言い方をすれば、ハンティングが可能になるのである。いったん排除した他者をどれだけたくさん獲得できるかというゲームがはじまるわけだ。あるいは、社会が美人だと認めた女性を手に入れるゲームがはじまるわけだ。数と質をめぐるゲームである。

たとえば、社会学で言う「見せびらかし効果」がそれに当たる。男が自分の社会的地位や富を誇示するために、多くの女性と交際したり、美人の女性を妻に迎えることを言う。これは、非常にわかりやすい形で行なわれている。プロ野球選手やサッカー選手と「女子アナ」との結婚だ。一つには美人だから、もう一つには有名だから、「見せびらかし効果」が大きい。

これが男の場合の「見せびらかし効果」だが、女性の立場としては、自分の美しさを社会に誇示するために、社会的にステータスがあり、そして富のある男性を選ぶ形を取る。自分の美貌と男性の社会的地位や富とを引き換えにするのである。これを個人的な感情のレベルで言えば、「尊敬」という言葉になる。女性が結婚を意識した場合、「尊敬できる人」という条件が上位にくるのはよく知られている。

こうした男女間の差異を学歴の上で制度化しているらしいのが、キューピッドクラブという結婚紹介業者だ。キューピッドクラブの「ご婚約速報」という新聞広告を見ると、必ず女性よりも男性の学歴が上か（女性が短大卒で男性が四年制卒）、偏差値の高い大学を出ているのである（たまに同じ大学というカップルがあるが）。「尊敬できる人」を露骨に形にすれば、こうなるのだろう。「尊敬できる」ということに相互性がない場合は、女性よりも男性のほうが上であることを求めていることになるからだ。もっと品のない言い方を挙げよう。女性は「甘えるのが上手」であるほうが結婚に近いと言われているが、「甘えるのが上手」ということは、露骨に言えば「バカのふりをするのが上手」ということだろう。「尊敬できる人がいい」と質は変わらない。

交換という秩序

これらは個人レベルに現れたホモソーシャルを見た場合だが、女性がこういう心性を持ってくれれば、男女の利害が一致することになる。女性が結婚したい男性像の中で「尊敬できる人」が上位に来ている限りは（そして、これが男性が結婚したい女性像の上位項目に入らない限りは）、ホモソーシャルの社会は安泰だろう。ついでに言えば、「近代」の出発期である百年前の日本人もまったく同じ心性を持っていたことは、拙著『百年前の私たち』（講談社現代新書、二〇〇七・三）で紹介した。

ホモソーシャルには社会的な機能がある。ホモソーシャルはいったん女性を他者化するから、女性をモノのように扱うことができてしまう。これが、「貨幣」のように女性を交換することで男社会が成り立っているということである。女性蔑視の形で女性をいったん社会から排除するが、女性なしでこの世界が成り立っていくわけではない。そこで「貨幣」のように獲物として手に入れた女性、あるいはいま自分の手の中にある女性を交換し合うことによって男性社会が円滑に回っていくようにしなければならなくなる。これがいったん排除した女性を社会に取り込むやり方だ。

いまは少なくなったが、結婚式に行くとまだ「何々家・何々家披露宴」と書いてあることがある。この何々家とは父の名のことを指している。ということは、男同士が女性のやりとりをしているのである。こうして何々家と何々家が次々と女性を交換し合うことで、ホモソーシャルはシステムとして成り立つ。そこに近親相姦のタブーが加わって、社会は次の世代に家を開いていくことができる。「貨幣」のように女性を交換するとは、こういうことを言っているのである。

ついでに言えば、ホモソーシャルはホモセクシャル差別をも併せ持っている。なぜなら、男は社会のシステムに則《のっと》って女の交換に参加しなければいけないが、男と女という異性同士が愛し合ってもらわないと女の交換が行なわれなくなるからである。ホモセクシャルやレズビアンを認めると、女性の交換ができなくなってホモソーシャルな社会が回っていかなくなる。社会が閉じてしまうのである。そこで差別の対象となってしまう。このことを「強制的異性愛」と呼ぶ人もいる。人間は本能が壊れた動物だから、異性愛は人間にとって「自然」なものではない。ところが、多くの人は思春期になったら異性が好きになるのは「自然」だと思っている。これは、まさに「強制的異性愛」がイデオロギーであるということを忘れた状態である。

もちろん、ホモソーシャルなどという言葉や概念は知らなくても、女性は日々こういう現実の中で生きていることを実感させられている。社会で、会社で、恋愛で、家庭で……。一昔前より少しは自由な生き方が許されるようになった現在、女性は晩婚化や非婚化によってホモソーシャルな社会に無言の異議申し立てをしている。結婚した女性が産む子供の数はそれほど劇的には減っていないから、少子化問題はこうした無言の異議申し立ての結果なのである。

この点、優位な立場にある男性のほうが、自分の立場が社会的に作られたものであることを自覚していない傾向にあるようだ。すべては自分の実力だと思い込んでいるということである。しかし、ホモソーシャルな社会が男性にとって必ずしも生きやすい社会であるわけでもない。リストラされたり事業に失敗した「一家の大黒柱」が、家族を経済的に守るために生命保険を頼りに自殺を選ばなければならないような社会でもあるのだ。現在では、そういうホモソーシャルな社会から降りる男性も増えてきている。

経済システムとホモソーシャル

ホモソーシャルな社会は、日本ではいつ完成したのだろうか。それは、一九七〇年代である。家父長的資本主義の基礎となる近代家族が完成した時期だからである。

近代は工業社会だから、工場やオフィスで働くサラリーマンを大量に必要とする。したがって、近代家族では男性はサラリーマンで女性が専業主婦という形が「理想型」となる。近代家族とは男性をサラリーマンに仕立て上げ、次世代のサラリーマンを作り上げる装置なのだ。日本で全就労人口のうちサラリーマンの占める割合が七割を超え、結婚した女性のうち専業主婦の割合が七割に達したのが、この一九七〇年代なのである。

このことから、日本で「近代」が完成したのが一九七〇年代だと言うこともできる。近代が家族の形を規定し、夫婦に子供二人、サラリーマンの夫に専業主婦の妻という形が「標準世帯」であるような近代家族を作り出したのである。明治維新からほぼ百年が経っていた。

特に、この一九七〇年代は日本の歴史の中で、専業主婦率が最も高かった時期だ。以後、さまざまな理由で専業主婦率は下降線を辿り、現在は五割を切っている。したがって、一九七〇年代以降を「現代」と考えることもできる。

ただし、イデオロギーとしての近代家族は戦時期に強化された可能性が高い。というのは、当時はまだ戦争は男性だけの「仕事」だったからである。家庭は「銃後」を守る役割をあてがわれた。そういう形で、以前からあった「男性は外、女性は内」という役割分担を正当化するイデオロギーが、強化されたのではないだろうか。一九六〇年代からはじまった戦後の高度経済成長期は、戦時期においてイデオロギー的に強化された近代家族を一般化させる経済的基礎を作ったのである。

近代家族はシャドーワークを必要とした。近代家族におけるシャドーワークとは、賃金が支払われない「家事労働」＝「再生産労働」（子育てや家族の世話など）のことを言う。これは家父長制資本主義には必要な労働なのだが、主に妻にあてがわれたこの労働は、賃金が支払われないために、賃金が支払われる夫の労働よりも一段低く見られた。ここに女性蔑視の原因の一つがある。しかも、この家事労働は、現実には「労働」ではなく「愛情表現」と見られているようなところがある。「無償の愛」という美しい言説が、それが「労働」であるという現実を覆《おお》い隠すのである。それは女性蔑視をも覆い隠す。女性蔑視の思想はこういう経済システムによっても生み出されている。

身体の局所化へ

もちろん、人間関係は相互的である。ホモソーシャルな社会は女性蔑視と引き換えに、男性には過酷な生き方を強いている。女性蔑視は「女らしさ」と言い換えられ、過酷な生き方は「男らしさ」と言い換えられる。そのことで、人はホモソーシャルという思想を忘れる。あるいは、目をそらす。では、女性蔑視がもっと個別的に現れたら、どういう形を取るだろうか。

それは、女性の局所化である。女性を身体に局所化し、さらにそのパーツに局所化する。たとえば、村上春樹は女性を乳房に局所化して描く傾向がある。いや、この本の方法から言えば、村上春樹文学の「僕」たちは女性を乳房に局所化して評価する傾向があると言うべきだろうか。

『風の歌を聴け』では、ベッドで寝入っている「小指のない女の子」について、「形のよい乳房が上下に揺れる」（三十三ページ）と書かれている。また、彼女のアパートに呼ばれた場面では「彼女は乳首の形がはっきり見える薄いシャツを着て、腰まわりのゆったりとした綿のショート・パンツをはいていたし、おまけにテーブルの下で僕たちの足は何度もぶつかって、その度に僕は少しずつ赤くなった」（九十一ページ）と書かれている。

一方、ジェイズ・バーで会った、もしかすると鼠の新しい恋人かもしれない女性に関しては、「グレープフルーツのような乳房をつけ派手なワンピースを着た30歳ばかりの女」（四十六ページ）と書かれている。さらに、地下鉄で出会った「ヒッピーの女の子」は「彼女は16

歳で一文無しで寝る場所もなく、おまけに乳房さえ殆んどなかった」（七十五ページ）と書かれているのだ。

この両者を比べれば、「僕」が乳房によって女性を評価していることがわかるだろう。あるいは、女性の好みを乳房によって書き分けていると言うべきだろうか。もちろん、前者が「僕」の好む女性で、後者はそうでない女性だ。ここには女性蔑視の「匂い」が漂っている。

前者の系列には、「僕」が「僕の目をのぞきこむようにしてしゃべ」る「小指のない女の子」に「ひどくどぎまぎさせ」（九十二ページ）られるような、淡い恋のはじまりを感じさせる場面も含まれる。しかし、女性蔑視がベースになっていても、初心で淡い恋はいくらでも可能だ。それに、繰り返すが、人間関係は相互的である。

僕が三番目に寝た女の子は、僕のペニスのことを「あなたのレーゾン・デートゥル」と呼んだ。（九十五ページ）

ペニスが「僕」の存在理由。女性を乳房に局所化する「僕」は、ペニスに局所化されてしまうのだ。女性蔑視は、実は男性蔑視とセットになっているのである。「僕」の記述はこのことをみごとに暴《あば》いている。

『風の歌を聴け』は、一面的なホモソーシャルの構図の向こうへ突き抜ける可能性を孕んでいるのではないだろうか。だから、「僕」の一人称語りで成立している村上春樹文学は自己否定の契機を孕《はら》んでいて、ときに底なしの虚無を感じさせるのだ。その意味で、村上春樹文学から女性蔑視だけを読んでしまう批評は、細部が読めていないか、たとえばホモソーシャルという読みの枠組みを使いこなせていないと言うべきだろう。

ずいぶん遠回りをしたが、ようやく『風の歌を聴け』に戻ることができたようだ。これで、「僕」が鼠の恋人と親密な関係になっていくことと「鼠殺し」とを一つの枠組みによって考える準備ができた。もう一息……。

「僕」は勝った……

現代社会に生きる「僕」は、友人である鼠とホモソーシャルな関係にある。したがって、「僕」は鼠から「小指のない女の子」を奪う形で鼠と力比べをする。そういう運命にある。もちろん、これは「僕」の独り相撲だ。動機は社会構造の中にあるとしか言えないが、個人的な動機がまったくないわけではないようだ。

それは、本を読まない鼠が小説を書こうとし、また実際書いているところにある。それは、二十一歳の「僕」にはできなかったことだった。鼠は「僕」のできなかったことを、いとも易々とやってのけたのだ。少なくとも、友人の多くはライバルでもあることは事実だろう。「僕」はそういう鼠に、間違いなくホモソーシャルにふさわしいやり方で勝った。なぜなら、「小指のない女の子」は最後には「僕」に「私とセックスしたい?」と聞くのだから。繰り返すが、このとき彼女は手術の後だからセックスはできないし、そのことを「僕」が知っていることも知っていた。「僕」のイエスという返事だけがほしかったのだ。この瞬間に、「僕」は鼠に勝った。たしかに、「小指のない女の子」は鼠と別れた女性かもしれない。しかし、一度は鼠が恋した女性なのだ。

　鼠の小説には優れた点が二つある。まずセックス・シーンの無いことと、それから一人も人が死なないことだ。(二十六ページ)

「僕」と「小指のない女の子」との間に「セックス・シーン」はないし、彼女は死ななかった。鼠は小説でそれを書いたが、「僕」はそれを現実に実行したのだ。

「僕」がこの「手記」で一番隠したかったのはこのことだった。「僕」と鼠の友情物語は、実は「僕」と「小指のない女の子」の物語を内包しながら、「僕」と鼠と「小指のない女の子」との三人の物語に転換していたのだ。そして、「僕」が勝った。これが、象徴的なレベルでの「鼠殺し」なのである。

しかし、それを見えるように書けば勝ち誇った品のない「手記」になってしまう。だからといって、書かないわけにもいかなかった。いま四つ目に姿を見せたこの三人の物語は、いわばこの「手記」の表層に隠されていたのである。それで、一週間時間が延びてしまったのにちがいない。はみ出した一週間は、「僕」の勝利を完全には隠せなかった、その痕跡かもしれない。

なぜ、書かないわけにいかなかったのだろうか。それは、「僕」が「小指のない女の子」の抱えている「物語」を読んでしまったからにちがいない。それは、彼女から消し去ることのできない家族の影である。それに、「双子の妹」がいる彼女と、「本当によく似ている」兄を持つ「僕」は似たもの同士だった。母親はどこにいるのかという「僕」の問いに、「小指のない女の子」は、母親は「何処かで生きている」と冷たく答える。しかし、彼女は子供を堕ろした後、「僕」に抱かれながら「お母さん……」と夢の中で呟いていた。その答え方に、そして彼女の夢の中に、彼女が抱えている「物語」があった。人を知るということ（「僕」と「小指のない女の子」との関係を「恋」とは呼ばないが）とはそういうことではないだろうか。

「僕」は「小指のない女の子」に彼女の抱えている「物語」を語らせてしまった。その責任は、「僕」が背負っていかなければならない。それが、「文章を書くことは自己療養の手段ではなく、自己療養へのささやかな試みにしか過ぎない」（八ページ）ということの意味である。二十一歳のときに「僕ならそのことについて誰にもしゃべらない」と彼女に約束しながら、「今、僕は語ろうと思う」と宣言した二十九歳の「僕」は、何かから降りようとしている。何かから降りることで、「僕」は「僕」の背負った責任を果たそうとしている。

「僕」が責任を果たすために信じたのは読者だけだったにちがいない。「僕」は読者が彼女の「物語」を読み過ごすことを願いながら、一方でいつか謎がとかれる日を待ってもいたはずだ。

「僕」は責任を未知の読者に託したのである。それが、読者を信じるということだ。そして、その何かはここまで読んできた読者にはもうわかっているはずだ。いままさに、僕たちは「僕」に信じられた一人の読者になろうとしている。

後の時代だからできる読み方

『風の歌を聴け』は一九七九年に発表された。

高度経済成長は一九七三年に起きたオイルショックによって息の根を止められていた。工業社会がもたらす公害問題も持ち上がり、それまで憧れであり目標でもあった「近代」というシステムが、批判の対象になりはじめていた。それは、「近代」に代わる新しいシステムの必要性が認識されはじめたということでもあった。思想界ではニュー・アカデミズムと呼ばれるムーブメントが巻き起こり、彼らはソフィストケイトされた形で、近代批判を行なった。先にも述べたように、一九七〇年代は日本がちょうど「近代」から「現代」に移行する時期だったのである。

しかし、「現代」がどういうものか、その姿はまだ十分に見えていなかったし、いわんやどういうシステムかなどわかりようもなかった。『風の歌を聴け』は、ほんの少しだけ顔を見せていた「現代」をみごとに捉えていたのではないだろうか。それは、大きな物語の終焉《しゅうえん》を経て小さな物語の並立へという転換であり、単線的なツリーから複線的なリゾームへという転換だった。

もちろん、どのようなシステムであっても権力は見逃さない。ハードなアイデンティティとして個人を捉えることが難しくなると、犯罪が行なわれた場所で個人を特定するためにという理由で、それこそリゾーム状に監視カメラを張り巡らし、また「市民」が自ら監視カメラを設置するような条件づけを行なうのが、権力というものだろう。

ホモソーシャルは女性の交換によって社会を次世代に開くシステムだった。それは個人の感情をも見えない手で規定していた。それが、近代という時代の大きな物語として「発見」されたのは、時代が「現代」となって「近代」が相対化されてからのことである。したがって、『風の歌を聴け』をホモソーシャルの枠組みで読むのは後の時代だけが行なえる、後知恵だと言っていい。ところが、後知恵にはそれ以上の仕事ができる。いま読まれる『風の歌を聴け』は、「現代」の裏をかき、ほんの少し未来に読まれるはずの『風の歌を聴け』を先取りする。

『風の歌を聴け』がホモソーシャルのシステムの中にあることはまちがいない。それは『風の歌を聴け』は、ホモソーシャルにとって一つのエピソードだということである。しかし、一つのエピソードにすぎないかどうかは、読者がそれぞれの読み方によって決めることだ。僕は、一つのエピソードにすぎないとは読んでいない。これが、この本の立場である。それは、どういうことだろうか。

打ち消された手記

11節からはじまるラジオのディスクジョッキーの場面がある。ONとOFFとが交互に書かれるあの有名な場面だ。ONのシーンでは公に放送される言葉が書き込まれている。OFFにはレコードが流れている間にスタッフ（裏方）に向けて発せられたディスクジョッキーの言葉が書き込まれている。

これは、この「僕」の「手記」の構造をあからさまに語っている。この「手記」には表の物語と裏の物語があるということだ。

表の物語は、三浦雅士が読んだような、「僕」と「小指のない女の子」との「恋」と名づけることもできないようなごく淡い関係によって構成されている。裏の物語は平野芳信が読んだような、鼠と「小指のない女の子」の物語である。そして「僕」とすでに亡くなった三番目の女の子の物語（これは深層に隠されていた）が影響することで、二組の男女の物語が、「僕」と鼠と「小指のない女の子」との三人の関係に変換された物語（これは表層に隠されていた）となった。裏の物語は表の物語よりも複雑に、そして複線的になっているわけだ。

鼠の読んだ本にはこんな言葉があったと言う。「優れた知性とは二つの対立する概念を同

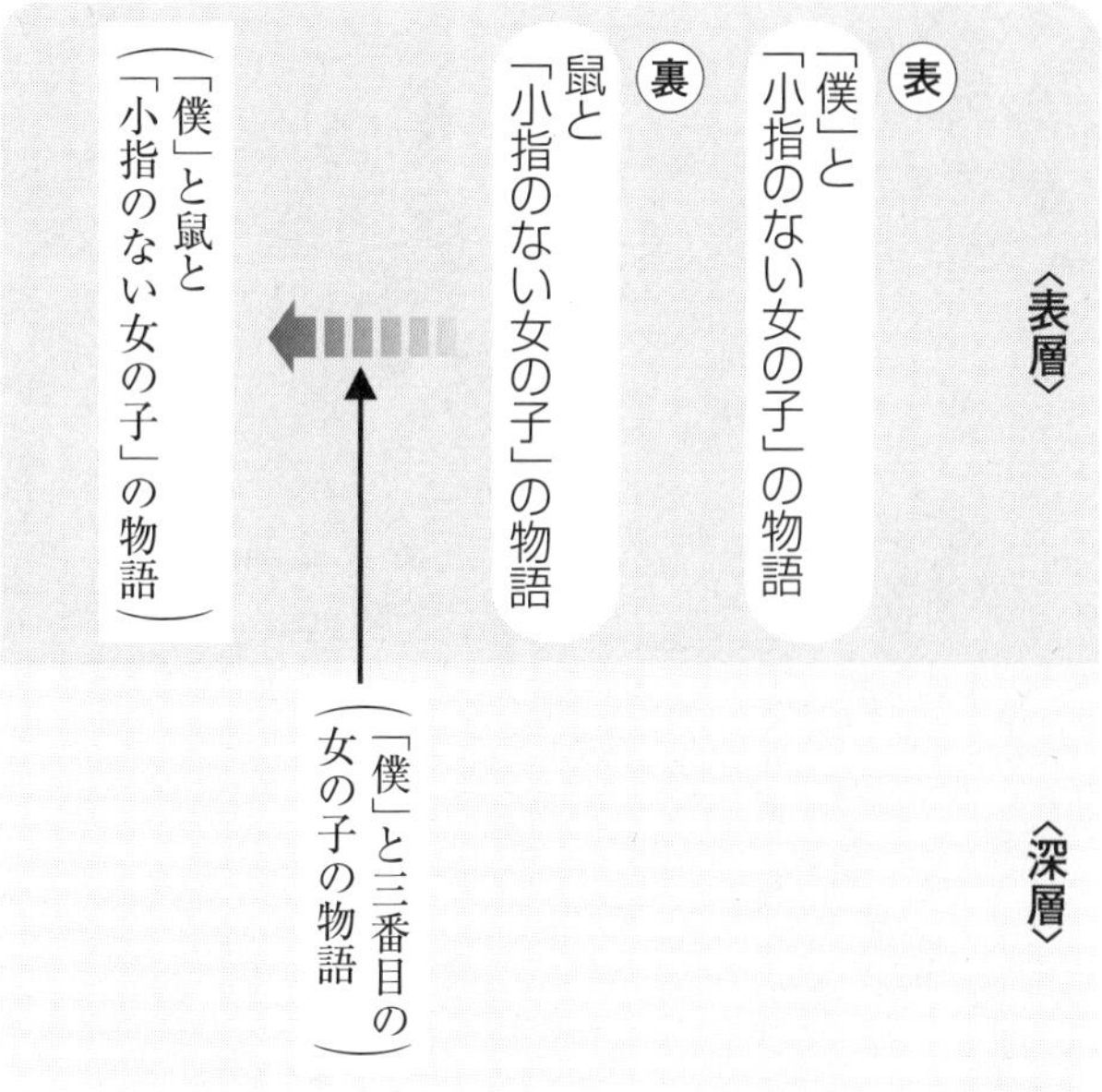

時に抱きながら、その機能を十分に発揮していくことができる、そういったものである」と。それを聞いた「僕」は「嘘だ」と答える。そして、鼠に「小指のない女の子」が働いている店で買ったレコードをプレゼントするのである（六十八ページ）。

　このとき、「僕」は二つの物語を「同時」に生きているはずだった。一つは、すでに亡くなった三番目の女の子との物語で、もう一つは「小指のない女の子」との物語である。一つはもう終わった物語で、「僕」はそれをまだ引きずっており、一つはいまはじまりかけた物語で、「僕」はそれを十分に意識していない。そこで、鼠と「小指のない女の子」の物語だけを進行させることで、「僕」はこれら二つの物語を打ち消そうとするのだ。それが、二十一歳の「僕」だった。

いまこの「手記」を書いている二十九歳の「僕」は、自分がそういう人間であることを知っている。そして、この「手記」がそういう人間によって書かれたものだと、告白している。「そしてある日、僕は自分が思っていることの半分しか語ることのできない人間になっていることを発見した」(一一三ページ)と。

しかし、抑圧した「半分」は回帰する。いま「僕」は「自分が思っていることの半分しか語ることのできない」自分に抗《あらが》いながら、そして書かれた言葉から何かがこぼれ落ちることを願いながら、この「手記」を書いている。「熱いシャワーに何度も入り、一日に二回髭を剃り、古いレコードを何度も何度も聴」きながら「手記」を書いている。「僕」はこのとき、「シャワーに入り熱い湯で丁寧に髭を剃」って「小指のない女の子」のアパートに向かった日のことを、鼠に「レコード」をプレゼントした日のことを、まざまざと思い出していただろう。

第二章　『１９７３年のピンボール』

1　忘れられる土地の物語

一九七〇年をめぐる物語

これは奇妙な小説である。ふつうのリアリズム小説ではないし、デビュー作『風の歌を聴け』と即《つ》かず離れずの関係にもあって、どこまで独立した小説として閉じて読むべきなのかにも迷わされる。読み方が難しい。そこで、この小説の構成について、三つのことを確認することからはじめよう。

第一は、これが一九七九年に「僕」によって書かれた「小説」という設定になっていることである。

その「小説」が「１９７３年のピンボール」というタイトルであるかどうかは、微妙なところだ。村上春樹がピンボールと会話を交わしたと考えるのは無理があるから、村上春樹が書いた『１９７３年のピンボール』という小説の登場人物「僕」が、タイトルのわからない「小説」をテクスト中で書いていると読むのがリアリズムによる理解だろう。

この「小説」を書いている「僕」は「一九六九年」には「二十歳」で、その頃のことを

「十年も昔のこと」と書いているから、「いま」は一九七九年となる。「僕」は三十歳になっているはずである。しかし、三十歳になった現在、「僕」がどういう状況でこの「小説」を書いているのかは一切明かされていない。

第二は、この小説に書かれるのは、一九七三年九月から十一月までの物語だということである。

「僕」は、おそらく一九六九年の春に直子と恋に落ち、翌一九七〇年には直子に死なれている。この「小説」は、直子が十二歳のときからそこで育ち、「僕」に「何度か」「正確な言葉を探しながら」その話をした郊外の街を、「僕」が一九七三年の五月に訪れるところから書き起こされている。

これは「僕」の話であるとともに鼠と呼ばれる男の話でもある。その秋、「僕」たちは七百キロも離れた街に住んでいた。

一九七三年九月、この小説はそこから始まる。それが入口だ。出口があればいいと思う。もしなければ、文章を書く意味なんて何もない。（二十六ページ）

「僕」は一九七二年の春に友人と二人で翻訳を請け負う事務所を開いた。従業員は二十歳の女性が一人。はじめは暇だったが、ほどなく「驚くほどの量の依頼が僕たちのささやかな事務所に持ちこまれてきた」。

「僕」の物語は、翻訳事務所で働く「僕」と双子の女の子との奇妙な日常生活からはじまる。この双子の女の子は、「僕」が郊外を訪れたであろう日の朝に目を覚ますと、ベッドの中で寝ていたのである。双子とゴルフをしていた「僕」は、一時期入れ込んでいたピンボールのことを思い出す。そして、三年前の「一九七〇年の冬」からその「呪術の世界に入りこんだ」「3《スリー》フリッパーの「スペースシップ」」という名のピンボール・マシーンをついに探し当て、「彼女」(「スペースシップ」のこと)と「三年ぶり」に会話を交わす幻想的な場面の後、バスに乗ってどこかへ帰って行く双子を見送るところで、物語は終わりを迎える。

ちなみに、「小説」の後半、事務所の女の子と昼食を取ることになった「僕」は、「何かを手に入れるたびに別の何かを踏みつけてきた」ことを「三年ばかり前に」気づいて以来、「もう何も欲しがるまい」と思ったと、彼女に語っている。これが、直子が死んだのが一九七〇年だと推定できる根拠である。そして、「スペースシップ」と再会した「僕」は、「彼女」に「三年ぶり」であるとも語りかけていた。おそらく、「僕」が「スペースシップ」にのめり込んだのは直子に死なれた後のことで、直子の死を忘れるためだったのだろう。文学的には「スペースシップ」は直子の化身と読める。

第三は、先の引用にもあるように、これは「鼠と呼ばれる男の話でもある」ことである。「一九七三年九月から十一月までの物語」とは、鼠が恋人と出会ってから別れるまでの物語でもあった。それはまた、「大学を放り出されたこの金持ちの青年」である鼠が一九七三年の秋に恋人と別れ、虚無に陥って、通い慣れていたジェイズ・バーにも別れを告げ、生まれ育った街を出て行く物語でもあるということだ。しかし、「鼠にとって時の流れがその均質さを少しずつ失い始めたのは三年ばかり前のこと」だとも言う。鼠が大学を辞めたのも三年前である。

神話と大きな物語

こういう風に整理してみると、『1973年のピンボール』は、一九七三年と一九七〇年という二つの年が複雑に絡《から》み合っていることがわかる。表面上は、一九七三年の物語である。しかし、一九七三年の物語には三年前の一九七〇年という年が神話のように埋め込まれている。一九七三年の物語を動かしているのは、一九七〇年という年なのだ。

これは、一九七三年の物語は一九七〇年の物語が形を変えて現れたものであることを意味している。別の言い方をすれば、『1973年のピンボール』は、実は一九七〇年という年のための物語なのである。

一九七〇年という年に村上春樹にとって固有の意味があるかどうかはわからない。しかし、この小説において、一九七〇年の物語がいくつもの物語を生み出す神話のような働きをしているということだけはたしかだ。村上春樹文学の「いま」は、その意味づけのために常に「過去」を必要としている。ただ、いま僕たちの前に姿を現しているのは一九七三年の物語なのだから、一九七三年の物語を読もう。その向こうに、一九七〇年の物語が浮かび上がればいいと思う。

一九七〇年（の四月）は、『風の歌を聴け』の仏文科の女子学生が自殺した年でもある。また、一九七〇年三月には『1973年のピンボール』において「僕」と同じアパートに住んでいた「髪の長い少女」が大学を辞め、アパートを引き払っている。（以上の整理については、加藤典洋編『イエローページ　村上春樹』（荒地出版社、一九九六・一〇）を参照したところがある。）

このように村上春樹の小説では、いくつかの重要な出来事が同じ日程の中で重層的に重なり合っている。言い方を換えれば、村上春樹の小説ではいくつかの重要な出来事があたかも神話のように形を変えて繰り返し姿を現す。これが、村上春樹がいくつかの小説を重ね合わせて「大きな物語」を書いているように見える理由である。そして、これが自己神話化の力学というものだ。

聞くことと生きる意味

『1973年のピンボール』は次のような一節からはじまっていた。この章では、この一節に徹底的にこだわってみたい。

　見知らぬ土地の話を聞くのが病的に好きだった。
　一時期、十年も昔のことだが、手あたり次第にまわりの人間をつかまえては生まれ故郷や育った土地の話を聞いてまわったことがある。他人の話を進んで聞くというタイプの人間が極端に不足していた時代であったらしく、誰も彼もが親切にそして熱心に語ってくれた。見ず知らずの人間が何処かで僕の噂を聞きつけ、わざわざ話しにやって来たりもした。（五ページ）

特に、第一文に注意しよう。ここには二つのキーワードがある。一つは「土地」であり、もう一つは「聞く」だ。

「僕」はこの頃、直子からも、彼女が少女時代からそこで育った郊外の街の話を聞いている。一九七三年の物語の終わり近く、「僕」の耳に耳あかが詰まって音が聞こえなくなってしまうエピソードがかなり唐突に（と言っても、『1973年のピンボール』は唐突だらけなのだが）はめ込まれていることを考えれば、『1973年のピンボール』が「土地をめぐる物語」と「聞く物語」から構成されていることはほとんど疑う余地がない。

しかし「僕」は、おそらく直子の死後、聞くことを放棄してしまっている。事務所でアルバイトをしている女性に人生相談風のことを持ちかけられる場面では、「他人の話を真剣に聞くのは実に久し振りだった」（一〇八ページ）とある。そして、このときに「僕」は、恋人（おそらくは直子）と別れた経験があり、「もう何も欲しがるまい」と思ったという人生上の教訓を語るのだった。人の話を真剣に聞くとき、「僕」も真剣に話している。聞くことと話すことは、ここではこのように相互的な行為として書かれている。しかし、「僕」はそれを三年間してこなかった。

このようなことをよく示しているのが、「僕」が学生時代に住んでいたアパートについて語る場面である。その頃は、固定電話さえ部屋ごとにはなくて管理人室に一台あるだけだったが、管理人は留守がちだったので、管理人室の隣に住む「僕」が電話の取り次ぎ係になってしまっていた。「僕にとってもそれは孤独な季節であった」とあるから、直子を失った後のことだろう。

電話が鳴る、そしてこう思う。誰かが誰かに向けて何かを語ろうとしているのだ、と。僕自身に電話がかかってきたことは殆んどなかった。僕に向って何かを語ろうとする人間なんてもう誰ひとりいなかったし、少くとも僕が語ってほしいと思っていることを誰ひとりとして語ってはくれなかった。（六十三ページ）

「もう誰ひとりいなかった」という表現は直子を意識したものにちがいないが、人の話を真剣に聞くことを放棄した「僕」に語りかけてくれる人はいない。そのことに対する「僕」の絶望感は、聞くことが「僕」の生きる意味そのものだったことを雄弁に物語っている。

なにしろ「僕」は「見知らぬ土地の話を聞く」ために、「三百種類ばかりの実に様々な相槌の打ち方を体得していた」ほどなのだから。

カウンセリング

ここで、聞くことの意味について考えてみたい。

たとえば、カウンセリングという仕事は聞くことが仕事だと言える。カウンセラーは聞くことのプロであって、おそらくそれ以上でもそれ以下でもない。だから、すぐれたカウンセラーは積極的にこうしなさい、ああしなさいと指示を与えることはない。ただ聞くだけだ。もちろん、問題解決を期待された学校カウンセラーや企業カウンセラーの場合は異なるだろうが、心の病を担当するカウンセラーは、ただ聞く。

しかし、ただ聞くとはいえ、人間の知的な能力の中では、たぶん聞くことが最も難しい。老いたとき、心を病んだとき、疲れているとき、ついでに教師になったとき、聞く力から失われはじめる。「人の話を聞いていない」状態になる。生きた応答ができなくなるのだ。相手にはこちらの声が聞こえているはずなのだが、そもそも知覚できていないのではないかと思わせられることさえある。それほど、聞くことは難しい。

人の話を聞くことはなぜ人を癒すのだろうか。あるいはなぜ心の病を治したり、軽減したりするのだろうか。それにはいくつもの意味がある。

ふつうの人の日常生活でも、たとえば恋人や友達にカウンセラー代わりになってもらうことは少なくないだろう。「お酒を飲みながら愚痴を聞いてもらうこと」がそれだ。愚痴を聞いてもらうだけなのに、心が軽くなってサッパリしたり、吹っ切れたりする。事実、「私はまだ二十歳なのよ」「こんな風にして終りたくなんかないのよ」（一〇八ページ）と、重い人生相談を「僕」に持ちかけた事務所の女性は、なんの答えも得られず、ほとんど「もう何も欲しがるまい」という「僕」の思いを聞かされただけなのに、「話せただけでホッとしたわ」と言うのである。そのようなとき、僕たちには何が起きているのだろうか。

一つは、心にたまったものを吐き出すということである。それだけで、人は十分サッパリすることが多い。しかし、あまりに辛くて、あまりにも悲しみが深くて、たまったものを吐き出す状態にはなれないときに、人は対価を払ってカウンセリングを受けるのである。それは、自分の人生のいくぶんかを相手に負担してもらいたい、自分の人生のいくぶんかを相手に背負ってもらいたいと思ったときだ。しかし、ふつうは他人にそんなことは期待できないので、他人であるカウンセラーには対価を支払う。逆に言えば、人の話を聞くことは対価を必要とするぐらい重い出来事なのだ。

ふつうは愚痴を聞いてもらうのは親しい人にほぼ限られるだろう。自分だけで背負いきれないものを相手に背負ってもらうために愚痴を言うのだから。自分の人生の重さを相手が半分でもいいから——半分は多すぎるだろう——ほんの何パーセントでもいいから背負ってくれたらと思う。苦しみを理解してくれればいいが、相槌を打ってくれるだけでもいい。それで十分なのだ。日記を書くことにも、いくぶんかはこういう効用がある。心を言葉にして外に出す行為だからである。

だから、カウンセラーはすごくきつい仕事なのである。学校カウンセラーを各学校に一人置くかのようなことが提言されたことがあって、多くの大学に心理学部や心理学科が作られたが、どうやらみごとに裏切られて、実現しなかったようだ。僕は実際に学校カウンセラーをしている人に話を聞いたことがあるが、それはそれはしんどい仕事だと思った。

話を聞く相手は小学生、中学生、高校生だが、言葉にできないようなことがありすぎる。虐待を受けたとか、父親にレイプされたといった類の話がふつうに出てくるというのだ。学校カウンセラーはそれを日常的に聞かなければならないのである。仕事を終えたらカチッとチャンネルを切り換えることができるほど、人間はデジタルにはできていない。だから、カウンセラーがカウンセリングを受ける人になってしまう例がいくらでもあると言う。それくらい重い仕事なのだ。

その意味で、「見知らぬ土地の話を聞くのが病的に好きだった」という「僕」は、他人の人生をいくらでも抱え込むことができると考えた、あたかも神であるかのように傲慢《ごうまん》な青年だったようにも見える。だが、そうだろうか。聞くことの意味をさらに考えることで、この問いの答えをみつけよう。

悲しみの社会化

話を聞いてもらうことのもう一つの意味は、言葉にならないほど辛いことを抱え込んでしまったときに、それを言葉にすること自体にある。カウンセラーは、言葉にできないこと、言葉にしたくないことを言葉にするために必要とされるのだ。なぜなら、言葉にできないことが言葉になれば半ば以上「治った」からである。それは、どういうことだろうか。

体験を言葉にできるということの意味を、考えてみたい。たとえば、悲しい体験をしたとする。しかし、あまりに悲しすぎて「悲しい」という言葉さえ出ないときがある。それを「あのときは悲しかった」と言えるときは、それが誰にも理解できない自分だけの固有の体験ではなく、相手に理解してもらえるような体験だと思ったときだと言える。そう思えるまでに、何十年もの時間が必要な場合もある。

体験は一人だけの固有のものだ。あのとき悲しかった体験は、自分一人だけの「悲しみ」である。だから、その悲しみは誰にもわかってもらえないと思うし、わかってもらいたいとも思わない。それくらい「悲しい」ことが人生にはある。それを「あのときは悲しかった」と言葉にすることは、「あのとき悲しかった」という言葉で相手が理解してくれると思うからだ。

言語論的転回を思い出してほしい。言語論的転回にかこつけて言えば、言葉にならない固有の体験が言葉になったということは、それがはじめて世界に現れたということにほかならない。これは、固有の「悲しみ」の体験が社会化されたということだ。「世界は言語である」と考えるならば、固有の「悲しみ」の体験が言葉という形に社会化されたということである。そうすることではじめて、他者に共有してもらえる。言葉にできれば半ば以上「治った」のだ。そういう他者の役割を果たすことがカウンセラーの仕事である。

ただし、悲しみの社会化は代償を伴う。得るものが大きいほど失うものも大きい。

人は固有の悲しみを抱えていると思っている。それを「あのときは悲しかった」という言葉にすることは、自分だけの悲しみを、言葉という形の社会に開くことだ。自分にだけしかわからないはずの「悲しみ」を人にわかる形にしてしまうことだ。それは、「悲しみ」から自分だけにしかわからない固有性をはぎ取る行為だと言っていい。固有の「悲しみ」は、「悲しみ」の輝きを失って、社会を流通しているあのありきたりで通俗で陳腐な「言葉」の形になってしまう。

しかし、「悲しみ」の固有性がはぎ取られたということは、「悲しみ」が半ば以上消えたということである。だから「治る」。このように「治る」ことがその人にとってどういう意味を持つかは、簡単に決められない。「悲しみ」が、その人の存在理由である場合さえあるだろう。そのような人にとっては、「治る」ことは自分を失うことでもある。「悲しみ」を言葉にすることは、これだけの代償を払わなければならない。

聞くことは忘れること

「見知らぬ土地の話を聞くのが病的に好きだった」と言う「僕」は、まさにカウンセラーの仕事をしていたことになるわけだ。では、「僕」は何を聞いていたのだろうか。

彼らはまるで涸れた井戸に石でも放り込むように僕に向って実に様々な話を語り、そして語り終えると一様に満足して帰っていった。（五ページ）

僕は井戸が好きだ。井戸を見るたびに石を放り込んでみる。小石が深い井戸の水面を打つ音ほど心の安まるものはない。（十九ページ）

生きている井戸は小石の音がする。しかし、「涸れた井戸」である「僕」からは音がしないはずだ。

そもそも、聞くことは選択的な行為であって、すべてのことを聞いているわけではない。音楽もそのことを利用して成り立っている。主旋律があるということは主旋律でない音も聴こえているということだ。しかし、それは聴こえているけれども聴こえていない。僕たちの耳はそういうふうにできている。人の話を聞くときも同じだ。僕たちは人の話を選択的に聞いている。すべてのことを聞いているわけではない。

「僕」もそうだったのではないだろうか。人の話を聞くことは、その人の人生のいくぶんかを引き受けることだった。それは非常に重い仕事だ。そういうことを「僕」はしていたのだろうか。それとも、「僕」は選択的に聞いていたのだろうか。「少なくとも僕が語ってほしいと思っていることを誰ひとりとして語ってはくれなかった」とあった。人は多くのことを語る。その中から「語ってほしいと思っていること」だけを、「僕」は聞いていたのだろうか。それなら、引き受ける人生の重みもずいぶん少なくてすむだろう。

しかし、おそらくそうではない。「僕」は選択的にさえ聞いていなかったのではないだろうか。誤解を恐れずに言えば、「僕」は忘れるために聞いていたのだ。なぜなら、「僕」は「涸れた井戸」であって、その「井戸」に言葉という「水」を満たすには、一度聞いた話を忘れる必要があったからである。それが物語を神話にする方法だ。もう少し説明しよう。

「僕」は「神」などではなかったし、他人の人生の重みを引き受けることなどしていなかったのである。そう考えると、「見知らぬ土地の話を聞くのが病的に好きだった」という冒頭の一文が、奇妙な響きを持っているように読めてくる。なるほど、忘れるために聞いているのなら「病的」かもしれない。「僕」が得意なのは、忘れることだ。たとえば、学生時代に電話を「何千回となく」取り次いだ女子学生について、「彼女の名前はすっかり忘れてしまった」（六十二ページ）と言う。「僕」はむしろ大変な努力をして忘れているようにも見える。

忘れるために聞き、忘れるために生きている「僕」。なぜ、そうまでして忘れなければならないのだろうか。逆説的だが、それは忘れたことを記憶の古層に埋め込むためにちがいない。それは、あたかも言葉によって社会化されてしまった「悲しみ」の固有性を回復するための努力のように見える。（生き返った）「井戸」から「水」を汲み上げるように、女子学生のエピソードを甦えらせたいのである。

「僕」は他人の人生を引き受けはしないが、あたかも「神」の使いのように、図らずもその固有性を甦らせる媒体（メディア）のような役割を果たしていたようだ。同じアパートに住んでいた女子学生についても、名前は忘れてしまっても、彼女の固有性だけははっきり記憶されていた。そのように忘れることが、「涸れた井戸」を生き返らせる方法だった。なぜなら、一度忘れたことはいつか形を変えて生き生きと甦るだろうからである。

ここで思い出したいのはフロイトの考える神経症についてである。フロイトは、神経症は過去の思い出したくない、あるいは忘れてしまった出来事が、いま形を変えて甦るのだと考えた。抑圧されたものは回帰するのである。ここには忘れることによって甦る心的原理が働いている。「僕」が努力をしてまで忘れるのも、この心的原理によって、それを忘れたまま生き生きと甦らせるためではなかっただろうか。

忘れられた物語が甦るとき、それは神話と呼ばれる。物語は、忘れない限り神話となり得ない。その意味で、「僕」ほど神話の語り部にふさわしい人間はいないだろう。

犬のいる土地

ここで、第一文にあったもう一つのキーワード、「土地」に戻ろう。注目するのは、忘れられることを運命づけられた土地、郊外である。

直子が少女時代からの時間を過ごした郊外の話を聞いてから四年後の一九七三年五月、「僕」は一人で「二両編成の郊外電車」に乗ってその街を訪れた。直子は「プラットフォームの端から端まで犬がいつも散歩してるのよ。そんな駅。わかるでしょ?」と語った。「僕」はその「プラットフォームを縦断する犬にどうしても会いたかった」と思っていた。

それから四年後、一九七三年の五月、僕は一人その駅を訪れた。犬を見るためだ。そのために僕は髭を剃り、半年振りにネクタイをしめ、新しいコードヴァンの靴をおろした。（十一ページ）

「僕」は盛装して出かけた。そして、直子の話した犬かどうかはわからないが、とにかく「白い大きな犬」をチューインガムを放り投げてホームの端まで走らせて、それで「満足して」帰ってきた。

帰りの電車の中で何度も自分に言いきかせた。全ては終っちまったんだ、もう忘れろ、と。そのためにここまで来たんじゃないか、と。でも忘れることなんてできなかった。直子を愛していたことも。そして彼女がもう死んでしまったことも。結局のところ何ひとつ終ってはいなかったからだ。（二十四ページ）

忘れることが得意な「僕」は、忘れるために郊外に行った。しかし、忘れられないことが一つだけあったのだ。忘れなければ終わらない。しかし、「僕」が忘れれば直子はいなくなるから、忘れることはできなかった。だとすれば、忘れても思い出す方法があればいい。繰り返すが、それが直子を神話化する方法であり、また物語を神話化することだ。神話はどんなときにもどこにでも甦るからだ。

たとえば、双子の発案で配電盤を貯水池に沈めて「お葬式」を執《と》り行なう場面がそれを象徴している。

配電盤は「電話の回線を司る機械」（五十ページ）である。言葉と深く関わる機械だ。「僕」は電話局の工事人が忘れていった配電盤が「死にかけてる」ように思えて、気がかりでしかたがない。双子は「あなたには荷が重すぎたのよ」と言って（これは「僕」には他人の言葉＝直子の言葉を背負うことはできないという意味だ）、その次の日曜日に配電盤の「お葬式」をすることを提案するのである。他人の言葉を背負いきれなくなってしまったカウンセラーのように、「僕」には直子の記憶が重すぎたのだ。だから忘れるしかないと、双子は言っているかのようだ。双子は配電盤のお葬式を通じて、何かを終わらせる方法を「僕」に教えているようだ。

物語の忘れ方

ここで、この配電盤が電話局の工事人によってどういうたとえで語られていたのかを確認しておこう。

「電話の回線が何本もそこに集ってるわけです。なんていうかね、お母さん犬が一匹いてね、その下に仔犬が何匹もいるわけですよ。ほら、わかるでしょ？」（五十ページ）

配電盤は「犬」だった。もちろん、直子の住んでいた郊外にいた犬を思い出させるたとえである。しかも、「僕」は五月にわざわざその「犬」を見に行っていた。

貯水池のあるところは「ひどく犬の多い土地」で、雨に降られた三人は「犬のようにぐしょぬれに」なった。この貯水池のある場所が、直子の住んでいた郊外が「再現」された土地であることは言うまでもないだろう。直子の郊外に関する「言葉」を背負い続けている「僕」に、双子はその「言葉」の忘れ方を教えているのだ。だからこそ、配電盤を貯水池に投げ込んで「お葬式」をするときの「お祈り」は「僕」が言わなければならなかったのである。そして……

その週の木曜日の朝、僕はその秋はじめてのセーターを着た。なんの変哲もないグレーのシェトランドのセーターで、わきの下は少しばかり綻びかけていたが、それでもいい気持だった。いつもより心持ち丁寧に髭を剃って厚めの綿のズボンをはき、色がすすけてしまったデザート・ブーツをひっぱり出してはいた。靴はまるで足もとでかしこまった二匹の仔犬のように見えた。（一〇四〜一〇五ページ、傍点石原）

この引用文の全体が、先に引用した直子の住んでいた郊外を訪れるときの記述（十一ページからの引用）と相似形をなしていることはあまりにも明白だろう。さらに、事務所のアルバイトの女性がこのセーターの綻びを繕《つくろ》ってくれ、彼女に夕食に誘われた「僕」は、そこで他人の話を「実に久し振り」に「真剣に聞」き、「もう何も欲しがるまい」という思いを語る展開になるのだった。彼女の悩みはこうだった。


　僕はじっと黙っていた。他人の話を真剣に聞くのは実に久し振りだった。

「でも私はまだ二十歳なのよ」と彼女は続けた。「こんな風にして終りたくなんかないのよ」（二〇八ページ）

「あなたは二十歳の頃何をしてたの？」

「女の子に夢中だったよ」一九六九年、我らが年。（二〇九ページ）

　配電盤の「お葬式」をすればその物語が忘れられ、忘れられた物語は神話として何度でも甦る。それが双子が「僕」に教えたことだ。そうしたら、事務所で働く女性が直子の記憶を甦らせる言葉を「僕」に投げかけたではないか。そして、彼女は瞬《またた》く間に直子に変身したではないか。「こんな風にして終りたくなんかないのよ」、たぶん二十歳の直子もそうした言葉を口にしたにちがいない。直子の記憶は忘れたからこそ、形を変えて神話のように甦ったのである。

しかも、この朝「僕」は「仔犬」だった。直子の住んだ郊外に「僕」は「犬」を見に行っていた。「犬」にたとえられた配電盤は貯水池に沈めていた。それがいまは「僕」自身なのだ。「犬」も神話のように何度でも甦る。なぜなら、「僕」がわざわざ郊外に見に行ったのは自分自身だったからである。つまり、形を変えて甦った直子は、「僕」自身でもあったのだ。「こんな風にして終りたくなんかない」――この言葉が一番よく似合うのは、いま他者と向き合うことから逃げ回っている「僕」ではないだろうか。

ここで、直子の育った郊外には生きた井戸があったことを思い出そう。それに、「僕」は「涸れた井戸」でしかなかったが、配電盤を沈めた貯水池は満々と水をたたえていた。「涸れた井戸」に水が甦ったように。文学的イメージとしての水は「生命の源」である。だとすれば、郊外は「僕」が生きるにふさわしい場所でもあった。

何処まで行けば僕は僕自身の場所をみつけることができるのか?(六十九ページ)

これは「僕」の場所探しの「小説」なのである。郊外に生きることは、「僕」にとってはあたかも神話の世界に生きることだ。しかし、「僕」はそれを「僕自身の場所」とは感じていないようだ。なぜだろうか。

郊外のはじまりと終わり

二〇〇七年の現在、郊外という土地の意味が僕たちにはよく見えはじめている。それは、日本という国で、郊外がその役割を終えはじめたからである。

「郊外の発見」と言えば国木田独歩『今の武蔵野』(明治三十一年)だが、郊外という概念がはっきりと一般化したのは明治期の終わり頃である。新興の中流サラリーマンのベッド・タウンとして開発された土地が郊外である。ただし、その頃は山手線の外側はもう郊外だった。目黒も、渋谷も、大久保も郊外だった。近代のはじまりは産業革命による工業社会の成立であってみれば、サラリーマンは近代が生み出した階層であった。そのサラリーマンのためにベッド・タウンが必要とされた。それが郊外である。つまり、郊外は近代社会が生み出したエリアなのである。

明治の終わりには「郊外生活」という言い方もよくされるようになったが、「郊外生活」

という言葉には否定的な意味合いも肯定的な意味合いも含まれていた。否定的な意味合いは「安普請の新興住宅街」であり、肯定的な意味合いは「自然に囲まれた生活」だった。これは、いまとそれほど変わらないようだ。もっとも、いまの「郊外住宅」はいわゆるニュータウンが多いから、「区画整理された美しい街」という意味合いが含まれていることも多い。

その後、郊外は東京を西へ西へと範囲を広げ、移動していった。戦後になって、一九五五年に日本住宅公団（その後、「住宅・都市整備公団」などを経て、現在「都市再生機構」［略称「UR」］）が設立され、鉄筋コンクリートの団地を大量に供給しはじめたのが、郊外の拡大に決定的な要因となった。その象徴は、一九七一年に入居がはじまった多摩ニュータウンだろう。開発面積三千ヘクタール、計画人口三十五万人だったが、公団は二〇〇五年に数百ヘクタールを残してすべての開発を中止し、後を民間のデベロッパーに委ねた。URから見放された多摩ニュータウンは、廃墟になるのを待つばかりだろう。これが、郊外の終焉である。

郊外の終焉に関して、若林幹夫はこう言っている。

よくいわれる「都心回帰」の影響もないわけではない。だが、都心部の人口の下げ止まりや増加を指摘していわれる「都心回帰」は、かつて都心から郊外に移り住み、現代の郊外を造り出していった人びとが、再び都心に戻ったということでは必ずしもない。そうした動きもないわけではないが、統計的なデータが示すところによると、いわゆる「都心回帰」現象は、都心部に流入した若年世代が家庭を形成する年齢になっても、かつてのように郊外に流出しなくなったことによっているのだという。(『郊外の社会学』ちくま新書、二〇〇七・三)

多くの人にとって、郊外は移り住む土地であり、生まれ故郷ではなかった。したがって、郊外で育った人はやがてそこを離れることになる。郊外は近代家族にとって子育てをする場所であって、子育てが終わればその役割を終える土地だった。そういう一過性の場所が郊外なのである。若林幹夫は、その子育てのための郊外移住というサイクルにさえ終わりが来たと言うのだ。郊外が死んだ要因はそれだけではない。

繰り返さない場所

僕は少し前に「屹立する郊外」(『季刊インターコミュニケーション』46、二〇〇三・一〇)というコラムを書いたことがある。僕が「屹立する郊外」と呼んだのは、都心の高層マンションのことである。

若林幹夫はそれほど多くはないと言うが、郊外で子育てを終えた老夫婦が都心の高層マンションに移り住む例もある。それに、これまでなら若いときに都心に住んで、子どもができると郊外に出て子育てをするというライフ・スタイルがあったが、都心の高層マンションの値段が安くなってきたので、現在はその人たちが郊外に出なくなった。さらに、「都心回帰」の内実には「不動産価格の下落によって都心部での居住が容易になっていったことや結婚年齢の上昇や非婚化による単身若年層の増加、結婚しても子供を持たないカップルの増加」があると言う。そこで若林幹夫は、これは「都心回帰」ではなく「再都市化」だとする。

いずれにせよ、「都心に流入した若い層がこれまでのようには郊外に流出してゆかなくなった」（前出『郊外の社会学』）以上、郊外は高齢化せざるを得ない。そして、ちょうどその頃に鉄筋コンクリート住宅や戸建て住宅の寿命がやってくる。その上に、子育てを終えた老夫婦までもが郊外から都心の高層マンションへ移り住むとなれば、郊外はどんどんそのエリアを都心寄りにシフトしながら縮んでいく運命にある。

つまり、郊外は開発されてから四十年から五十年経つと死ぬ場所になったのだ。「第四の山の手」とも呼ばれた多摩ニュータウンを中心とする、東京の多摩地区から川崎市の山の手地区にまたがる広大なエリアは、まちがいなくそうなるだろう。これまでの郊外は終焉を迎えるしかない。

僕も多摩ニュータウン近くの小規模なニュータウンに住んでいるので、このことがよくわかる。公団の建てた賃貸住宅にはすでに空き室が目立つようになってきた。やがて、分譲エリアもそうなるだろう。郊外はすでに過疎地となりつつあるのだ。都心に高層マンションという「屹立する郊外」が現れた代償として、平面だった郊外が荒廃する運命を引き受けなければならなくなったのである。

直子の住んでいた郊外を訪れた「僕」は、こういう感想を持つ。

僕は長いあくびをしてから駅のベンチに腰を下ろし、うんざりした気分で煙草を一本吸った。（中略）何もかもが同じことの繰り返しにすぎない、そんな気がした。限りのないデジャ・ヴュ、繰り返すたびに悪くなっていく。（十一ページ）

これは「僕」の人生に対する感想のようだが、郊外の気分をよく表してもいる。「僕」の言うように、郊外の日常生活は「繰り返し」によって成り立っている。しかし、いま郊外自体が「繰り返さない場所」になったのだ。ただ、死ぬのを待つだけの場所になった。まるで「世界の果て」（一五四ページ）でもあるかのように。

ちなみに、直子が郊外に住みはじめたのは一九六一年だから、多摩ニュータウン入居開始の十年も前のことである。したがって、公団によって大規模開発された土地ではなかったわけで、いかにも鄙《ひな》びている。それでも一九六四年の東京オリンピックの影響で、「都心から急激に伸びた住宅化の波は僅かながらもこの地に及んだ」。「中堅どころのサラリーマン」によって、「駅を中心とした平板な街並みが少しずつ形作られていった」のである。ところが、「僕」がそこを訪れた一九七三年の光景は、どう見ても郊外と言うよりは田舎町という表現のほうが似合うごく散漫なものだ。すでに死んだ街と言っていいかもしれない。村上春樹の書く郊外はどこか「予言」のように思える。

ところで、「僕」が「郊外電車」で訪れたのは、ほんとうに「郊外」だったのだろうか。

霊園としての郊外

鼠が恋人と会っていた霊園の記述を読んでみよう。

霊園は山頂に近いゆったりとした台地を利用して広がっている。細かい砂利を敷きつめた歩道が縦横に墓の間をめぐり、刈りこまれたつつじが草をはむ羊のような姿でところどころに散らばっていた。そしてその広大な敷地を見下してぜんまいのように曲った背の高い水銀灯が何本も立ち並び、不自然なほど白い光を隅々にまで投げかけていた。

（傍点は原文、八十三ページ）

この記述の中の「霊園」を「街」に、「墓」を「家」に置き換えれば、そのまま郊外の記述になるほど、そのイメージは似通っている。

その上に、僕たち読者はこの「光」には覚えがある。「日の光は細かな埃のように音も無く大気の中を降り、そして誰に気取られることもなく地表に積った」（十六ページ）。これは、直子の住んでいた郊外である。『1973年のピンボール』は、さまざまなものを「光」が縫い合わせていく小説でもあるが、ここでは直子の郊外と鼠の霊園とを「光」がつないでいる。実際、この霊園は郊外でもあった。

霊園は墓地というよりは、まるで見捨てられた町のように見える。敷地の半分以上は空地だった。そこに収まる予定の人々はまだ生きていたからだ。彼らは時折、日曜の午後に家族を連れて自分の眠る場所を確かめにやってきた。そして高台から墓地を眺め、うん、これなら見晴しも良い、季節の花々も揃っている、空気だっていい、芝生もよく手入れされてる、スプリンクラーまである、供え物を狙う野良犬もいない。（八十四ページ）

ベッド・タウンである郊外は日曜日の街（いまは、土日の街）だと言っていい。その意味でも、この霊園は郊外になぞらえられている。ただし、霊園は「死んだ郊外」だから「犬」はいないが、新しい霊園は団地と同じように、第一期、第二期という具合に少しずつ分譲される。郊外のニュータウンも第一期分譲が一丁目、第二期分譲が二丁目、第三期分譲が三丁目と、少しずつ駅から遠くなっていく。

そこで、郊外のニュータウンでは一丁目の住民と二丁目の住民と三丁目の住民では世代が少しずつ違っていることが少なくない。たとえば、一丁目の住民が定年を迎えて数年すると、二丁目の住民が定年を迎えはじめるのである。そして、街がゆるやかに死んでいく。

郊外を書き続ける作家、重松清の『定年ゴジラ』（講談社、一九九八・三）は、まさにそういう街区ごとに微妙な差異の線が入った郊外ニュータウンの「老人」たちの奮闘を書いた小説である。そこでは、ひな壇になった街が墓地に見えるとも言う。

ところで、『1973年のピンボール』で霊園の場面が書かれた8章前後にはちょっとしたトリックが仕掛けられている。7章の最後、「僕」は風邪を引いて熱を出し、双子が勝手に買ったビートルズの「ラバー・ソウル」のことで諍《いさか》いをする。そのあと、双子に「寝た方がいいわ」と言われて「僕」は眠りにつく。7章はこう終わる。

僕は本を閉じ、双子の声をぼんやりと聞きながら、暗闇にひきずり込まれるように目を閉じた。（八十三ページ）

そして、8章の霊園の場面の最後はこうなっている。

「長く眠った?」と女が訊ねる。
「いや」と鼠は言う。「たいした時間じゃない」（八十六ページ）

眠りに落ちた「僕」の代わりに鼠が目を覚ます。「僕」と鼠が眠りによって重ねられているのである。

言うまでもなく、霊園も郊外も人が眠る場所だ。霊園では永遠に、ベッド・タウンである郊外では一晩。そして、霊園も郊外も人が甦る場所でもある。霊園ではお彼岸やお盆に、郊外では毎朝。霊園も郊外も眠り、そして甦るという両義的な意味を持つ場所だったのだ。直子の住んでいた郊外のいかにも寂《さび》れた光景は、郊外の死を予言的に象徴し、そこに掘られた井戸は甦る側面を予言的に象徴していたようだ。あたかも忘れられ、甦る神話のようにである。「僕」は郊外という名の霊園に辿り着いたようだ。「僕」に郊外がふさわしいとしたら、そのような意味においてである。

霊園は郊外で、郊外は霊園だ。郊外があたかも「世界の果て」（一五四ページ）として書かれているのである。霊園は命の終わる場所なのだから。そして、時間の終わる場所だし、世界の終わる場所でもある――。

一九七三年の五月、「僕」は「郊外」を訪れたのではない。直子の住んでいた／いる霊園を訪れたのだった。そして、そこは「言葉」＝「世界」の終わる場所でもあった。忘れられた物語を甦らせるために、「僕」はいったん死を体験しなければならなかったのである。

2　言葉の果てに行く物語

空間・時間・言葉

聞く話と郊外の話に終始した。この節ではこれらをつなげてみたい。それは、『1973年のピンボール』を「言葉をめぐる物語」と読む試みとなる。

『風の歌を聴け』を論じるときに、言語論的転回について触れた。それは「世界は言語である」という強烈なテーゼに支えられた思想だった。その言語論的転回を踏まえるなら、「言葉をめぐる物語」とは「世界をめぐる物語」であるはずだが、村上春樹の小説はいつも言語論的転回から少しズレている。この「言葉をめぐる物語」も、言葉の向こう側に行く物語に変形されて現れる。すなわち、「「世界の果て」に行く物語」になるのである。この節の中心的な論点はここにある。

もちろんこの小説が発表された時期には、日本では言語論的転回という思想はまだほとんど姿を見せていなかった。しかし、なぜか言語論的転回に挑戦した小説が書かれているように読めてしまうのだ。先に、この小説が書かれたときには郊外はまだ死んでいなかったけれども、なぜか郊外の死を「予言」していると言った。それと似たことをここでも言わなければならないようだ。ただし、作中人物である「僕」が「「世界の果て」に行く物語」に成功したかどうかはまた別問題だし、「僕」にとってその物語がふさわしかったかどうかもまた別問題だ。

プロローグに書かれた文章をもう一度見ておこう。

これは「僕」の話であるとともに鼠と呼ばれる男の話でもある。その秋、「僕」たちは七百キロも離れた街に住んでいた。

一九七三年九月、この小説はそこから始まる。それが入口だ。出口があればいいと思う。もしなければ、文章を書く意味なんて何もない。（二十六ページ）

空間と時間が微妙に絡み合った一節だ。

この一節には、「その秋、「僕」たちは七百キロも離れた街に住んでいた」とある。これはこの小説が「空間の物語」であることを示唆している。また「一九七三年九月、この小説はそこから始まる。それが入口だ」ともある。これはこの小説が「時間の物語」でもあることを示唆していて、その「入口」は「一九七三年九月」だと言う。「出口があればいい」と言うが、「空間の物語」でもあり、「時間の物語」でもあるこの小説の「出口」はその二つが終わる場所、「世界の果て」としてあるのではないか。では、そのような「出口」はどのようにあり得るのだろうか。

「一九七三年九月」の日曜日にはじまるこの小説は、「一九七三年十一月の静かな日曜日」に終わりを迎える。日常的な時間の「終わり」はここにはっきり確定している。しかし、日常的な時間は「出口」ではない。日常的な時間は「世界」に属しているからである。「世界の果て」に行く物語の出口は、他にある。だとすれば、日常的でない時間を書く以外に時間的な「出口」を示すことはできないことになる。日曜日で区切られたこの「小説」の意味は最後に考えるが、とりあえずはこうした錯綜した時間と空間をつなげて考える必要があるだろう。そのヒントは、「言葉」にある。

翻訳される物語

この小説には言葉にかかわる職業がいくつも出てくる。

まず最初に挙げることができるのは、「僕」自身が翻訳の仕事をしていることだ。具体的には英語を日本語に訳す仕事だが、これは言葉を一つの言語体系から別の言語体系に変換する仕事だと言っていい。言葉が英語という体系から日本語という体系に飛び移るのである。もちろん、そのとき言葉は文化的状況の中で本質的な変容を強いられるが、それだからこそ、翻訳は日本語という「世界」の「果て」に行く一番簡単な方法だろう。

直子の父親もまた同じような職業に就いていていた。「その分野では少しは名を知られた仏文学者」で、「気の向くままに不可思議な古い書物を翻訳するといった気楽な生活」を送っていた。さらに、「僕」のために「スペースシップ」を探し出してくれた不思議な人物は、「大学でスペイン語を教えて」いる。

もう一つ挙げておこう。配電盤である。これも、言葉を「信号」に変換する装置だった。ここまで同じようなカードがそろえば、その意味するところは一つしかないだろう。これは、日本語という「世界」の「果て」に行こうとする物語なのである。

「何処まで行けば僕は僕自身の場所をみつけることができるのか?・」（六十九ページ）という問いを「僕」が自問するきっかけとなったのは、「配電盤を手に取り、しげしげと眺めてみた」ときだった。しかも、そういう「僕」は「見知らぬ土地の話を聞くのが病的に好きだった」青年でもあった。場所と言葉の結びつきが、ここにも示されている。それは、どういう結びつきなのだろうか。

「僕」が学生時代に何千回も電話を取り次いだ女子大生は、アパートを出て行くと決まったとき、殺風景な「僕」の部屋に自分の使った食器を置いていってあげると持ってきて、「僕」にこう言っている。大学を辞めて故郷に帰ることになった事情についてである。

「でも話なんて聞きたくないでしょ？　私だったら聞かないわ。嫌な思いを残した人の食器なんて使いたくないもの」（六十七ページ）

この女子大生は、自分が大学を辞める事情について話をしないと言っている。それは「僕が語ってほしいと思っていること」ではない話だと、彼女が気づいているからではないだろうか。さらに、「僕」が故郷に帰る彼女を駅まで送るとき、その女子大生はこうも言っている。この彼女との会話が、「僕が語ってほしいと思っていること」がなんだったのかを暴いてしまう。

「初めて見た時から東京の景色って好きになれなかったわ」

「そう？」

「土は黒すぎるし、川は汚ないし、山もないし……、あなたは？」

「景色なんて気にしたこともなかったな」

彼女はためいきをついて笑った。「あなたならきっとうまく生き残れるわ」（六十七～六十八ページ）

不思議な会話である。この会話の内容がではない。「見知らぬ土地の話を聞くのが病的に好きだった」はずの「僕」が、「景色なんて気にしたこともなかったな」と語る事実が不思議なのである。そう、「僕」が聞くのが好きだったのはおそらく「見知らぬ土地の話」ではなかった。「僕」が聞きたかったのは「見知らぬ土地」のことを語る「言葉」それ自体だったのだ。それは、「見知らぬ土地」のことを語るときには、「言葉」がその仕事を最大限に果たし、言葉が世界を創り出すからである。それは、文化の違いを超えて言葉を変換し、一つの「世界」を創り出してみせる翻訳という仕事とどこか似ているはずである。

この小説には「繰り返し」という言葉がたくさん出てくる。先に引いた「僕」が直子の育った郊外に行った場面でも、「何もかもが同じことの繰り返しにすぎない、そんな気がした。限りのないデジャ・ヴュ、繰り返すたびに悪くなっていく」とあった。「デジャ・ヴュ」は「既視感」のことで、読んで字の如く「既に見た感じ」である。すなわち、「繰り返し」だ。「繰り返し」という言葉そのものを含めて、いくつか例を見ておこう。


　異和感……。

　そういった異和感を僕はしばしば感じる。断片が混じりあってしまった二種類のパズルを同時に組み立てているような気分だ。とにかくそんな折にはウィスキーを飲んで寝る。朝起きると状況はもっとひどくなっている。繰り返しだ。

　目を覚ました時、両脇に双子の女の子がいた。（十二ページ）

「繰り返し」はある事柄の時間的な表象である。その「繰り返し」を空間的に表象すると双子になる。双子は同じ人間が繰り返されているからである。この小説には、双子という形でも「繰り返し」が出てきているのだ。「僕」は、この小説には「出口があればいいと思う」

と書いていた。そして、この双子の呼び方は、「右と左」、「縦と横」、「上と下」、「表と裏」、「東と西」、そして「入口と出口」（十四ページ）なのだ。この小説が「繰り返し」に抗い、「出口」を求める物語であることは疑いようがないようだ。

双子と暮らしはじめた「僕」はこう感じている。

二人が僕の部屋に入りこんでからどれほどの時が流れたのか、僕にはわからない。彼女たちと暮し始めてから、僕の中の時間に対する感覚は目に見えて後退していった。それはちょうど、細胞分裂によって増殖する生物が時間に対して抱く感情と同じようなものではなかったかという気がする。（三十二ページ）

僕たちにとって、時間は見えないし、手に触れることもできない。そこで、時間は「先に進む」という比喩的な感覚によって捉えられている。そうであれば、「時間は繰り返す」という感覚は「デジャ・ヴュ」のようなやや非日常的な感覚としてやってくるだろう。まさに「細胞分裂」に似ている。「繰り返し」の空間的な表象である双子と暮らしはじめてから「僕の中の時間に対する感覚は目に見えて後退していった」のは、理由のないことではなかったのだ。

同じ一日の同じ繰り返しだった。どこかに折り返しでもつけておかなければ間違えてしまいそうなほどの一日だ。（中略）久し振りに一人になってみると、自分自身をどう扱えばいいのかが上手く把めなかった。（八十六〜八十七ページ）

自我は何よりも「先に進む」時間的な感覚に支えられているから、「繰り返し」が続けば、「僕」自身にとっても自分の自我の輪郭がぼやけてくることは必然だっただろう。「僕」にやってきた感覚は、まるで「僕」の「双子」であるかのような鼠にも訪れていた。

女と会い始めてから、鼠の時間は限りない一週間の繰り返しに変っていた。日にちの感覚がまるでない。何月？　たぶん十月だろう。わからない……。土曜日に女と会い、日曜日から火曜日までの三日間その思い出に耽った。木曜と金曜、それに土曜の半日を来たるべき週末の計画にあてた。そして水曜日だけが行き場所を失い、宙に彷徨う。前に進むこともできず、後に退くこともできない。水曜日……。（九十一〜九十二ページ）

「僕」と鼠が経験する繰り返す時間は、「時間の死」に限りなく近い。「これは「僕」の話であるとともに鼠と呼ばれる男の話でもある。その秋、「僕」たちは七百キロも離れた街に住んでいた」。「七百キロ」という距離は、むしろこの二人の親和性を際だたせるために強調されていたのだろう。

繰り返さない郊外

郊外は繰り返さない場所だと前の節で書いた。郊外はいまや五十年で役割を終え、一代ごとに時間が終わる場所となった。つまり、一代ごとに「世界」が終わる場所なのだ。ということは、一代ごとに「世界の果て」に行ってしまう場所だとも言える。そういう郊外へ行っても、「僕」は郊外が過ごしている日常的な「繰り返し」の感覚しか持てなかったとも、前の節に書いた。では、「繰り返し」にはどういう意味があるのだろうか。

繰り返すことは、個別性がなくなるということだ。双子がまさにそうだった。彼女たちには名前がない。「あなたの好きなように呼べばいい」と、「僕」に言う。そこで「僕」が双子を彼女たちが着ているTシャツの数字で呼ぼうとすると、双子はTシャツを着替えて見せる。

208と209が入れ代わってしまい、数字さえ識別の機能を果たさなくなる。繰り返すということは個別性がはぎ取られるということを、双子の存在が象徴しているのである。

郊外が繰り返さないとはどういうことだろうか。それは、そこでは〈家〉が存続し続けることができない土地だということを意味する。〈家〉が代々続くということは繰り返していくことにほかならない。親から子に、子から孫にと〈家〉の名が繰り返されていくことだ。

それは、大きな視点から見れば、双子の区別がつかないのと同じように、一人の人間の個別性がはぎ取られ、たとえば石原千秋が「石原千秋」としてではなく、親から孫への中継ポイントでしかなくなるということである。それが「石原家」の存続を支えるということだ。だから、家族社会学では〈家〉はあたかも「法人」のようだと考える。〈家〉の存続のために養子を取ったりするのは、その典型的な例である。これが〈家〉が繰り返すということの意味なのである。

では、「繰り返し」という言葉が頻出することにはどのような意味があるのだろうか。

この小説に「繰り返し」という表現が何回も出てくることとは、いわば郊外という繰り返さない土地が一代ごとに終焉を迎え、「世界の果て」に行ってしまうということを、裏側からあぶり出す役割を果たしている。同時に、個々の人間から個別性がはぎ取られ、中継ポイントでしかなくなってしまうことをも表していることになる。人間が一代ごとに「世界の果て」に消えてしまうことと、個別性が継続性の中で失われてしまうことは、実は同じことだと言える。つまり、個人が個人でなくなってしまう、個人として「世界」に所属しなくなってしまうという意味において、本質的に同じなのだ。「繰り返し」という言葉が頻出することは、結局は同じ結論を導くのである。

ここまで「繰り返し」の意味について考えてきた。「世界の果て」について考えるためには、再び言葉の問題に戻る必要がある。

反復する言葉、聞かない言葉

「繰り返し」について考えると、言葉に関して大きな問題点が浮かび上がってくる。それは、言葉は原理的に「繰り返し」によって成り立っているということである。

例を挙げて考えよう。テストの問題文に傍線が引いてあって、「これを自分の言葉で説明しなさい」という設問がよくある。しかし、おばかさんのふりをしてこれを真に受けたとしよう。そして、文字通りに本当に「自分の言葉」で説明したら、誰も理解できないはずだ。当たり前の話である。日本語でもない、英語でもない、中国語でもない、何語でもない、

「石原千秋語」で書いたら誰も理解できないだろう。

「自分の言葉で説明しなさい」ということは、「自分なりのやり方で、すでにある言葉を組み合わせて説明しなさい」という意味にすぎない。言葉を使うことは、すでにある言葉を組み合わせることだ。それが個性的かどうかは、順列組み合わせの問題なのだ。つまり、反復することが言葉の原理なのだ。

したがって、言葉は原理的に「繰り返し」なのである。すでにある言葉を組み合わせを変えて「繰り返し」使っているだけの話である。こう考えると、人間が言葉を使うということは、すでにある他人の言葉を使うしかないことになる。だから、僕たちが言葉を使うことは、たとえば日本語という言葉の中にどっぷり浸かることにほかならない。

一方でこういうことも考えられる。たしかに、言葉の個性は順列組み合わせの問題でしかない。しかし、日本語はここからここまでだと限定することは不可能なのだから、日本語の順列組み合わせは無限だと考えるしかないということだ。仮に、日本語の言葉の範囲が決められたとしても、その順列組み合わせの数はほとんど無限に近いだろう。

ということは、日本語という言葉の果てはないことになる。「世界は言語である」とすれば、これは実質的には「世界に果てはない」ということを意味する。言語論的転回の立場に立てば「世界は言語である」のだから、言語が無限なら僕たちは世界の外側には出られないことになる。僕たちは、ここで大きなアポリア――アポリアとは「難問」という意味だ――を抱えることになる。「僕」が「世界の果て」に行くことは可能なのだろうか。

仮に「僕」が「世界の果て」の「出口」へ向けて言葉を発していたとしても、言葉の世界に生きるかぎりにおいては、彼は「世界」から出られないのだ。そういう難問にぶつかったわけだ。そこで考えられるのは、前章で触れたところ、「僕」は言葉を選択的に聞いている、いやそれどころか、「僕」は言葉を聞いていない可能性さえあるということだろう。言葉を聞かなければ言葉の世界に生きなくてすむ。その意味で、「僕」が学生時代に住んでいたアパートの電話を誰も取り次がずに鳴りやんだことを、電話が「死んだ」と表現していることは興味深い。

つまり、言葉を聞かないことによって、「僕」は「世界の果て」に行くことができることになるのだ。

「鼠殺し」再び

「世界の果て」について考えるために、ここで少し話頭を転じよう。鼠の話だ。「僕」の

「双子」である鼠も、言葉の問題において「僕」と相似形を成しているようだ。

鼠はラジオのスイッチを入れ、意味もないディスク・ジョッキーのおしゃべりを聴きながらシートを倒し、頭の後で手を組んで目を閉じる。体はぐったりと疲れきっていたが、おかげで名付けようもない様々な感情は居場所のみつからぬままどこかに消えてしまったようだった。(九十八ページ)

「意味もないディスク・ジョッキーのおしゃべり」だというのだから、鼠にとってはディスク・ジョッキーの言葉が言葉でなくなっているわけだ。意味もなくなって、いわばバックグラウンド・ミュージックになってしまっているのである。そして、「名付けようもない様々な感情」ともある。「感情」が言葉から離れてしまっているわけだ。

その「感情」は「居場所のみつからぬままどこかに消えてしまった」という。言葉から離れてしまった「感情」はどこかに消えてしまった。「世界の果て」に消えてしまったのである。こうして、言葉から離れることが「世界の果て」に行くことだと、この鼠の姿は教えている。

いま鼠は「引退」し、この街を出ようと思っている。この小説は「鼠が街を出ていくまでの物語」が入れ子型に組み込まれているものであることはわかりやすい。

この街を出て何処に行けばいいのかもわからなかった。何処にも行き場所はないようにも思えた。（一三九ページ）

「僕」の書いた「小説」の中で、鼠もまた「僕」と同じように「場所探しの物語」を生きようとしている。


「何故ここじゃだめなのかって訊かないのかい？」

「わかるような気はするからね」

鼠は笑ってから舌打ちした。「なあ、ジェイ、だめだよ。みんながそんな風に問わず語らずに理解し合ったって何処にもいけやしないんだ。こんなこと言いたくないんだがね……、俺はどうも余りに長くそういった世界に留まりすぎたような気がするんだ」

（一七一～一七二ページ）

「みんながそんな風に問わず語らずに理解し合ったって何処にもいけやしないんだ」と言っている。「問わず語らずに理解」することは、言葉を使わないで理解することにほかならない。しかし、言葉を使わないで理解し合ってもどこにも行けはしないんだと鼠は言っているのだ。そうだろうか。

暗示される鼠の自死

鼠に関する記述を読んでいくと、鼠が言葉から引きはがされていくことがわかる。言葉から引きはがされた鼠の「感情」はどこかに消えて行ってしまう。一方、鼠は言葉を使わないで理解し合ったのではどこへも行けないと言っている。もちろん、ここで鼠が言う「何処」という場所の感覚は比喩でしかないだろうが、それが場所の感覚で語られている事実は厳としてある。それなら、言葉を使えばどこかに行けるということだろうか。鼠はどこに行くのだろうか。

このことは、『風の歌を聴け』で論じた「鼠殺し」と関わってくる。「鼠殺し」がこの小説の中でも盛んに暗示されていることは、誰にでもわかるだろう。「僕」がアパートに「鼠取り」（十五ページ）を仕掛けた話が出てくる。「鼠は四日めの朝に死んでいた」と言う。そこで、「僕」は「物事には必ず入口と出口がなくてはならない」という「教訓」を得たというのだ。それがこの「小説」だとも言っていた。

『風の歌を聴け』との関わりはほかにもある。ピンボールの修理人について、鼠は「あれに比べれば、俺なんてまだ女の小指の先を握ったくらいのものさ」（一一四ページ）と言っている。『1973年のピンボール』では、ピンボールは「女性」の比喩だから、これは『風の歌を聴け』の「小指のない女の子」を連想させる。それから、「鼠はきれいになった両手の指をもう一度ゆっくりと眺め」（一七四ページ）というところもある。ジェイズ・バーのジェイも妙に指にこだわっている。そういう形で二つの小説がつながっている。――話を戻そう。

「もし本当に眠れるものなら……。」（一一五ページ）とある。「本当に」のところに傍点が打ってあるが、「本当に」眠るということはふつうは死を暗示するだろう。この小説では鼠と眠りとが深い親和性を示している。「それから深い眠りがやってきた。おそろしく深い眠りだった」（一七〇ページ）などは、その一例にすぎない。「引退するには悪くない歳だ」（一一六ページ）ともあるが、「引退」とはどういう意味なのだろうか。

「眠りたかった」（一七五ページ）、「眠りさえすれば……」（一七六ページ）どうなるというのだろうか。

　これでもう誰にも説明しなくていいんだ、と鼠は思う。そして海の底はどんな町よりも暖かく、そして安らぎと静けさに満ちているだろうと思う。いや、もう何も考えたくない。もう何も……。（一七六ページ）

　僕たちは言葉によって考える。したがって、「何も考えたくない」ということは言葉の「世界」からいなくなるということでなければならない。ここまで言えば、「もう何も」言う必要はないだろう。鼠の物語の結末は、鼠の自死を暗示している。
　鼠は言葉の世界から引きはがされた「世界」（「この街」）にいた。鼠は言葉で理解しなければどこへも行けないと言いながら、この街を出て行こうとしている。しかし、その先にあるのは「どこか」ではなく、鼠の自死だったのである。言葉の世界へ向けてこの街を出て行くはずの鼠は、この世界から退場しようとしていることになる。だからこそ、この小説は「言葉をめぐる物語」なのである。

去勢された三人称

少しレベルの違う観点から、「鼠殺し」について考えておこう。

「鼠殺し」の一つの方法は、鼠の自死を暗示することだった。もう一つは、もっと高級だ。この「小説」自体がやたらと「猫」を書き込んで鼠にいやがらせ(?)をしているが、完全犯罪に近い「鼠殺し」をも行なっている。それは、この「小説」の形式が鼠の言葉を去勢しているということだ。ここで、「僕」と鼠が「双子」であることを、もう一度確認しておこう。

「僕」は「他人の話を熱心に聞く世界コンクール」でチャンピオンに選ばれて、「そして賞品に台所マッチくらいはもらえたかもしれない」(六ページ)とあるが、鼠に関しては「鼠はシーツの上に起き上がり、うまく気持の収拾のつかぬままに煙草を口にくわえ、ライターを捜した。テーブルの上にもズボンのポケットにもなかった。マッチの一本さえない」(七十ページ)となっている。一四〇ページにも「マッチを擦り」とあった。「僕」の世界と「七百キロ」離れている鼠の世界とはマッチという小道具でつながっているのである。

ところが、「僕」の世界は一人称で語られ、鼠の世界は「鼠」という三人称で語られている。これは、『風の歌を聴け』でも同様だったから、これ自体は不自然ではない。しかし、

『1973年のピンボール』では一人称の「僕」の物語と三人称の「鼠」の物語が一度も交わることなく並列していて、文体もまったく変えて書き分けられている。例の「七百キロ」のためだが、このことは小説テクストとしては大きな意味を持つ。

三人称はどのようにして成立するのだろうか。それには、一人称を社会化しなければならない。「「悲しみ」の社会化」について論じたところを思い出してほしい。僕たちはこの「世界」に一人称として生まれてくる。それが成長するにつれて、僕を〈僕〉と呼ぶことによって三人称の「世界」に参入していく。一人称を使いながら、その実三人称の「世界」に入っていくのである。

僕が「石原千秋」という固有名詞を紙に書いたとしよう。その紙に書かれた固有名詞はどこに行っても「石原千秋」で通用する。しかし、〈僕〉と書いた紙がどこかに行ってしまったら、それは「石原千秋」の書いたものだとはもうわからなくなってしまう。僕が〈僕〉と書くことによって、僕の固有性がなくなってしまうのだ。それは、誰でも自分を〈僕〉と言えてしまうからである。それがいわば鼠のいる、固有性を奪われた三人称的世界なのである。つまり、人間は一人称としてこの世界に生を受け、三人称の「世界」に出ていくのである。これが「大人」になることだ。

固有名詞を使わず、一人称である〈僕〉を使うことは、〈彼〉と呼ばれる三人称の「世界」に参入していくことだ。〈彼〉と呼ばれる可能性の「世界」を生きることである。それは言い方を換えれば、「石原千秋」という固有名詞を殺すことになる。さらに別の言い方をすれば、固有性を去勢することである。人は、固有名詞としての自分を殺して、〈僕〉になり〈彼〉になっていくわけだ。それが「社会に出る」ということの痛切な意味だ。しかし、登場人物としての「僕」は一人称の世界にとどまっていることの意味で、まだこのレベルまでは達していないようだ。

　鼠は本名を奪われ、「鼠」と呼ばれることにおいて、すでに一度殺されている。その上に、「鼠殺し」の物語内容が鼠を殺しているだけではなく、鼠の物語の形式が鼠を三人称として去勢しているのである。これが、小説テクストとしての「鼠殺し」の意味だ。

　しかし、そもそも鼠と「七百キロ」離れたところにいる「僕」は、こうした鼠の物語を聞いていなかったはずなのだ。それなのに、なぜ「僕」は鼠の物語を書くことができたのだろうか。フランスの批評家ロラン・バルトは、聞くことは相手の現前性（相手が目の前にいること）を前提とするが、書くことにはその前提がない。だから、文章を文章たらしめているのは、書き手の存在ではなく、読者の存在なのだと言っている。ロラン・バルトがこの論理から導き出した結論は、「作者の死」であった。

この「小説」の「作者」は「僕」だった。「小説」を書く「作者」となったとき、登場人物としての「僕」は「小説」の中に現存しているが、書く主体としての生身の「僕」は「小説」の外にいる。そのようにして、「僕」もまた死んでいたのだ。この「小説」の形式が「僕」と鼠に「死」を与えていたのである。そこが「世界の果て」であることは言うまでもないだろう。

時間が死ぬこと

問題を、少し巻き戻そう。

時間が前に進まずに「繰り返す」とは、どういうことだろうか。興味深いところを、いくつか引用しておこう。

五年振りに煙草を吸い始め、十五分おきに腕時計を眺めた。

鼠にとっての時の流れは、まるでどこかでプツンと断ち切られてしまったように見える。何故そんなことになってしまったのか、鼠にはわからない。(四十一ページ)

鼠は反射的に腕時計に目をやる。十二時二十分だった。物音ひとつしない地下の薄くらがりの中で時間は死に絶えてしまったように思える。（二四一ページ）

僕たちはもう一度黙り込んだ。僕たちが共有しているものは、ずっと昔に死んでしまった時間の断片にすぎなかった。（二六六ページ）

最後の引用は、「僕」が「スペースシップ」と再会した場面である。

これは、「時間が死ぬ物語」でもある。時間が死ぬということはどういうことなのか。黒崎宏というヴィトゲンシュタイン研究者は「人間が地球からいなくなれば時間はなくなる」という意味のことを言っている。時間を「時間」として認識する人間がいなくなれば、時間はなくなるわけだ。まことに「世界は言語」と同じだ。このように考えれば、この小説は空間的にも、時間的にも、そして言葉の上からもさまざまな形で人間がこの世から消え去る、そういうことが何度も何度も形を変えて書かれている小説だと言うことができる。実は、直子もその一員だった。

直子も何度かそういった話をしてくれた。彼女の言葉を一言残らず覚えている。

「なんて呼べばいいのかわかんないわ」

直子は日当りの良い大学のラウンジに座り、片方の腕で頬杖をついたまま面倒臭そうにそう言って笑った。僕は我慢強く彼女が話しつづけるのを待った。彼女はいつだってゆっくりと、そして正確な言葉を捜しながらしゃべった。（九ページ）

直子は言葉を正確にしゃべろうとしていた。それは、この小説の中では異質な存在だと言える。「僕」はその直子の言葉を受け止めてしまった。その受け止めた直子の言葉に対して「僕」に何ができるのかが、この小説の課題だったのである。しかし、直子自身は一九七〇年に死んでしまった。

まるで夢のようだった。一九七三年、そんな年が本当に存在するなんて考えたこともなかった。そう思うと何故か無性におかしくなった。（五十四ページ）

「本当に」というところに傍点が振ってあることに注意したい。ここには、二つのレベルの問題がある。一つは、この表現には、「直子が死んだ一九七〇年に「僕」も自死するはずだったのに」というニュアンスが隠されていることだ。これは、「僕」がいま生きている「世界」のレベルの問題である。自死するはずだったのに一九七三年のいまも生きてしまっている「僕」は、「僕」自身にとっても不思議な存在でしかない。たとえば、通勤帰りの電車に座ったとき、向かいのガラス窓に映った「僕」の顔を、「僕」はこんな風に見ている。

通勤電車の向いの席にたまたま座った二十四歳の男の顔だった。僕の顔も僕の心も、誰にとっても意味のない亡骸にすぎなかった。（七十九ページ）

「誰にとっても」という以上、「僕」にとっても「僕」自身は空虚な「意味のない亡骸」になってしまっているということだ。

もう一つは、「だから一九七三年なんかは本当はなかったのだ」というレベルの問題である。「僕」は直子の言葉を正確に聞く。しかし、直子はすでに一九七〇年に死んでいる。「正確」な「言葉」だけを残して、直子はこの世界からいなくなった。いま、直子の言葉は「僕」

が背負っている。「僕」はその言葉をどうにかしなければならない。そこで、直子が死んだ「一九七〇年」という年を「僕」は消そうとしているのだ。これは、「僕」がいま生きている「世界」のレベルの問題であると同時に、小説のレベルの問題でもある。

では、どうやれば「一九七〇年」という年を消せるのだろうか。これは、どうすれば「僕」が「一九七〇年」という年を取り戻せるか、「一九七三年」という年を生きられるかという問いと同じことだ。「一九七〇年」という年を消し去ることは、神話のようにそれを甦らせることなのだから。それが「世界の果て」に行く最後の意味だ。

スペースシップ

「僕」は「世界の果てみたい」に見える場所に、「スペースシップ」を探しに行くことにしたようだ。いまや、「僕」にとっては「スペースシップ」を探すことが「世界の果て」を手に入れる唯一のやり方になっている。そして、「僕」はついに「スペースシップ」と「再会」した。「僕」が「スペースシップ」と会話を交わす、幻想的な場面がやってくる。この擬人化された「スペースシップ」が直子の幻だということは、改めて言うまでもないだろう。「失った直子探しの物語」である。

１６５０００、というのが僕のベスト・スコアだった。覚えてる？
覚えてるわ。私のベスト・スコアでもあったんだもの。
それを汚したくないんだ、と僕はいう。（二六四ページ）

直子の可能性を最大限に引き出したのは、「僕」だった。直子が正確な言葉でしゃべったから。そして、それを「僕」が真剣に聞いたから。でも、直子は死んでしまった。だから、その思い出を「僕」は「汚したくない」と言うのだ。「無から生じたものがもとの場所に戻った」（二六六ページ）のだと、「僕」は「スペースシップ」に語りかける。それは、「世界の果て」に行くこと以外ではないはずだ。そう言えば、「スペースシップ」は「宇宙船」だが、直訳すれば「場所の船」になる。「世界の果て」に出かけるには、ちょうどいい乗り物だったのである。

一九七〇年に語られた直子の言葉を引き受けた「僕」は、その言葉を「世界の果て」にまで運んでいく。それが「スペースシップ」探しの意味だったのだ。そして、「僕」は「スペースシップ」と幻の会話を交わした。この場面では、会話がカギ括弧で括られていない。

それでもその暖い想いの幾らかは、古い光のように僕の心の中を今も彷徨いつづけていた。そして死が僕を捉え、再び無の坩堝に放り込むまでの束の間の時を、僕はその光とともに歩むだろう。（一六六ページ）

そこには「光」しかない。「世界」はないのだ。空間もないし、時間もないし、言葉もない。光しかない。これがこの「小説」が描く「世界の果て」なのだろう。「僕」はそういう「世界の果て」に行ってしまったことになる。これが、「僕」が「一九七〇年」を連れていった場所だ。

すきとおる「世界の果て」

この「小説」では、「世界の果て」に行くことは「無」になることだった。それは、登場人物のレベルとしては自死を暗示することであり、「小説」の形式としては去勢することだった。結果として、「僕」は直子の言葉と鼠とをこの「小説」の出口から放逐した。書く主体としての「僕」自身も、「小説」の外に存在することになった。そして、誰もいなくなった……。「小説」を書く「僕」の試みは成功したし、小説を書く意味も成就した。残されたのは、「小説」の中に一人残された「僕」の物語である。消された一九七〇年を、「僕」は一九七三年に再び生きることができるのだろうか。

「小説」の最後、九月の「よく晴れた日曜日の朝」に突然現れた双子は、十一月の同じ「日曜日の朝」にどこかへ帰って行く。

バスのドアがパタンと閉まり、双子が窓から手を振った。何もかもが繰り返される……。僕は一人同じ道を戻り、秋の光が溢れる部屋の中で双子の残していった「ラバー・ソウル」を聴き、コーヒーをいれた。そして一日、窓の外を通り過ぎていく十一月の日曜日を眺めた。何もかもがすきとおってしまいそうなほどの十一月の静かな日曜日だった。（一八三ページ）

直子の育った郊外に掘られた井戸の水は「まるでグラスを持つ手までがすきとおってしまいそうなほどの澄んだ冷たい水だった」（十八ページ）。この日曜日はまさにそんな日だ。物語が甦る日にふさわしい。

双子が去って、「僕」の周りからは誰もいなくなった。「すきとおってしまいそう」ということは、ほとんど存在しないということだ。しかし、あくまで「しまいそう」なのであって、ほんとうに「すきとおっている」わけではない。「僕」には「繰り返される」時間だけが残されたからだ。それは、「僕」が「世界の果て」につながる「繰り返し」ではなく、日常的な「繰り返し」を人生の時間として引き受けたことを意味する。

それが「繰り返し」だとわかることは、「僕」が九月から十一月までの時間を生きた証にほかならない。そこには、「繰り返すたびに悪くなっていく」（十一ページ）と感じる「僕」はもういない。「僕」は十分自分の仕事を果たしたのだから、これから「繰り返される」のは「僕」だけのための時間だ。

一九七三年の九月から十一月までの三ヶ月の出来事は、「僕」に何かを終わらせた。そのことで「僕」は癒され、自分のための時間を取り戻したが、そのために「僕」は多くのものを失ってもいたのだ。治ること、癒されることは、そういうことだった。しかし、繰り返すが、「僕」が失ったものは、いつかは神話のように甦るだろう。抑圧されたものは必ず回帰する。

「僕」の「小説」はこうして終わる。「一九七三年九月」の日曜日にはじまるこの「小説」

は、「一九七三年十一月の静かな日曜日」に終わりを迎えたのだ。実は、そこにこの「小説」の最後のトリックがある。なぜなら、「日曜日」は日常的な時間と非日常的な時間の境界にある両義的な時間だからである。「僕」はいま日常と非日常の境界線上に立っている。この「小説」で日曜日がことさら強調される意味は、そこにあった。

「世界の果て」に行くことは「世界」の中で日常的に営まれる生を引き受けることだったが、また一方で、甦った神話を生きることでもあった。そのような逆説を、「僕」はこの三ヶ月で学んだのだ。そこが「出口」だ。

第三章　『羊をめぐる冒険』

1　名前を探す物語

忘れられた名前

『羊をめぐる冒険』は「宝探しの物語」だと、蓮實重彦《はすみしげひこ》というすぐれた批評家が言っている。蓮實重彦は、一九八〇年代に書かれたいくつかの小説、井上ひさし『吉里吉里人』、中上健次『枯木灘』、丸谷才一『裏声で歌へ君が代』、村上龍『コインロッカー・ベイビーズ』などが、見かけは違っていても、「宝探し」といういずれも同じ物語を書いていると論じた（『小説から遠く離れて』近代文芸社、一九八九・四）。なるほど、『羊をめぐる冒険』は、まさにある印を持った羊を探す「冒険」なのだから、「宝探し」だと言うことができる。まったくそのとおりなのだが、僕はこの小説を「名前探しの物語」と読みたい。

この小説では、冒頭からいきなり「名前探しの物語」にふさわしいエピソードに出くわすことになる。それは、ある女性が死ぬところからはじまる。

新聞で偶然彼女の死を知った友人が電話で僕にそれを教えてくれた。彼は電話口で朝刊の一段記事をゆっくりと読み上げた。平凡な記事だ。大学を出たばかりの駆けだしの記者が練習のために書かされたような文章だった。

　何月何日、どこかの街角で、誰かの運転するトラックが誰かを轢《ひ》いた。誰かは業務上過失致死の疑いで取り調べ中。（上、九ページ）

この記述の中にはごまかしが入っている。少し後に、「彼女の名前は忘れてしまった」（上、十二ページ）とあるのだ。でも、それはおかしい。

　死亡記事のスクラップをもう一度ひっぱり出して思い出すこともできるのだけれど、今となっては名前なんてもうどうでもいい。僕は彼女の名前を忘れてしまった。それだけのことなのだ。（上、十三ページ）

「死亡記事のスクラップを」云々と書いてあるのでずいぶん昔のことのように感じさせられるが、葬儀の日からは大して経っていないのである。「僕」の友人は電話口で死亡記事を読み上げているわけだから、そのときに当然彼女の名前も読み上げているはずだ。しかし、

「僕」は「忘れてしまった」と言うのである。

——昔、あるところに、誰とでも寝る女の子がいた。

それが彼女の名前だ。（十三ページ）

冒頭からここまでを読んでみると、非常に奇妙な感じを持つはずだ。これだけ短期間のうちに名前を忘れるのは大変なことだ。忘れるために相当の努力をしたはずである。しかもそれが名前なのだ。そのことに注目しておく必要はあるだろう。

私を殺して

「僕」に名前を忘れられてしまった女性のほうは、「僕」に対してその程度の関わりしか持っていなかったのだろうか。そうではないようだ。

「ねえ、私を殺したいと思ったことある？」と彼女が訊ねた。

「君を？」

「うん」

「どうしてそんなことを訊くんだ？」

彼女は煙草を口にくわえたまま指の先で瞼《まぶた》をこすった。

「ただなんとなくよ」

「ないよ」と僕は言った。

「本当に？」

「本当に」

「何故僕が君を殺さなくちゃいけないんだ？」

「そうね」と彼女は面倒臭そうに肯《うなず》いた。「ただ、誰かに殺されちゃうのも悪くないなってふと思っただけ。ぐっすり眠っているうちにさ」

「人を殺すタイプじゃないよ」

「そう？」

「たぶんね」

彼女は笑って煙草を灰皿につっこみ、残っていた紅茶を一口飲み、それから新しい煙草に火を点けた。

「二十五まで生きるの」と彼女は言った。「そして死ぬの」（二十二〜二十三ページ）

ここで思い出されるのは、石原吉郎《いしはらよしろう》という詩人——僕とはまったく関係のない人だ——の「確認されない死の中で」（『望郷と海』筑摩書房、一九七二・一二）という短い文章だ。

石原吉郎は、戦後ソ連によってシベリアに抑留された経験を持っているが、彼はジェノサイド（大量虐殺）の残酷さは人間が固有名詞で死ぬことができないことだという意味のことを言っている。そして、『みじかくも美しく燃え』という映画について触れている。「映画は、心中を決意した男女が、死に場所を求めて急ぐ場面で終わるが、最後に路傍で出会った見知らぬ男に、男が名前をたずね、そして自分の名を告げて去る」という。

私がこの話を聞いたとき考えたのは、死にさいして、最後にいかんともしがたく人間に残されるのは、彼がその死の瞬間まで存在したことを、誰かに確認させたいという希求であり、同時にそれは、彼が結局は彼として死んだということを確認させたいという衝動ではないかということであった。そしてその確認の手段として、最後に彼に残されたものは、彼の名前だけだという事実は、背すじが寒くなるような承認である。にもかかわらず、それが、彼に残された一つの証であると知ったとき、人は祈るような思いで、おのれの名におのれの存在のすべてを賭けるだろう。

「ねえ、私を殺したいと思ったことある?」という女性の言葉は、石原吉郎のこの文章を思い出させる。それは同時に、交通事故で亡くなった彼女の名前を「忘れる」ことで「僕」が踏みにじったものの大きささをも、僕たちに教えてくれる。

この「誰とでも寝る女の子」と「僕」に呼ばれてしまう女性は、おそらく「僕」に殺されることを望んでいた。それは、「僕」に忘れられるためではなく、「僕」に名前を覚えていてもらうためだったろう。

しかし、彼女はその後忘れられてしまう。殺されもせずに忘れられてしまう。そして、交通事故で死んでも、「僕」に名前さえ思い出してさえもらえない。繰り返すが、このエピソードが挑発的に語っているのは、この小説は「名前をめぐる冒険」だということだ。

名刺を燃やす

そう考えながらこの小説を読んでみると、名前に関連していろいろ不思議なことが出てくることに気づかされる。

たとえば、謎の人物から謎の仕事を依頼される場面。男はある人物の名刺を「僕」に見せて、こう言う。


「その方のお名前は御存じですね?」と男は言った。

「存じています」

男は顎《あご》の先を何ミリか動かして短かく肯いた。視線だけがぴくりとも動かなかった。

「焼いて下さい」

「焼く?」相棒はぽかんとして相手の目を見つめた。

「その名刺を、今すぐ、焼き捨てて下さい」と男は言葉を切るようにして言った。

相棒はあわてて卓上ライターを手に取り、白い名刺の先に火を点けた。(上、九十九ページ)

どこか変だ。この名刺が人に渡って困るのであれば、「返してください」と言えば済む話ではないか。わざわざ焼かせる必要などないのだ。ここでも名前を不自然な仕方で抹殺しているのである。

ジェイズ・バーの場面を挙げよう。

　ジェイの本名は長たらしくて発音しにくい中国名だった。ジェイというのは彼が戦後米軍基地で働いている時にアメリカ兵たちがつけた名前だった。そしてそのうちに本名が忘れ去られてしまった。（上、一五一ページ）

次々に、挙げていこう。

鼠の彼女が鼠について「僕」に話す場面である。

　「そしてそこに鼠が現われたんですね？」
　「そうよ。でも私はそんな風には呼ばなかったけれど」
　「なんて呼んだんですか？」
　「名前で呼んだわ。誰だってそうするんじゃない？」
　言われてみればそのとおりだ。（上、一七五ページ）

これも不自然だ。「なんて呼んだんですか?」と「僕」は言うが、「鼠」と呼ばないとすれば名前で呼ぶに決まっているではないか。これも「僕」が他人を名前で呼ぶという当然のことに気がつかない人間だということがわざわざ書かれてあるところだ。

猫の「正しい名前」はない

「僕」が連れている猫について、運転手と話題にする場面。

「よしよし」と運転手は猫にむかって言ったが、さすがに手は出さなかった。「なんていう名前なんですか?」

「名前はないんだ」

「じゃあいつもなんていって呼ぶんですか?」

「呼ばないんだ」と僕は言った。「ただ存在してるんだよ」

「でもじっとしてるんじゃなくてある意志をもって動くわけでしょ? 意志を持って動くものに名前がないというのはどうも変な気がするな」

「鰯《いわし》だって意志を持って動いてるけど、誰も名前なんてつけないよ」（上、二五九ページ）

「僕」が飼っている猫には名前がない。「呼ばない」と言うのだ。食肉にするつもりで飼っていた動物に名前を付けてしまうと、とても食べることができなくなると言う。石原吉郎が言うように、名前はその存在そのものだからである。だから、これは名前に対するあからさまな挑戦だと言える。名前もなく「ただ存在してる」状態があると、「僕」は言いたいのだろう。

言語論的転回の説明で、「世界は言語である」と言った。そうだとすれば、名前がなく「ただ存在してる」状態は、ほとんどいないのと同じなのである。「僕」にとってはほとんど「無」も同然の猫なのである。

そこで、こうなってしまう。

「どうでしょう、私が勝手に名前をつけちゃっていいでしょうか？」
「全然構わないよ。でもどんな名前？」
「いわしなんてどうでしょう？　つまりこれまでいわし同様に扱われていたわけですか

ら」
「悪くないな」と僕は言った。
「そうでしょ」と運転手は得意そうに言った。
「どう思う？」と僕はガール・フレンドに訊ねてみた。
「悪くないわ」と彼女も言った。「なんだか天地創造みたいね」
（上、二五九～二六〇ページ）

「なんだか天地創造みたいね」。まさに言語論的転回そのものである。名前を与えることがこの猫に存在を与えるということだと彼女は言っているからである。

「ここにいわしあれ」と僕は言った。
「いわし、おいで」と運転手は言って猫を抱いた。（上、二六〇ページ）

「ここにいわしあれ」と「僕」は言う。名前を与えることで「いわし」がはじめて存在する。いわしがいわしとして存在する。いや、猫が「いわし」として存在する。

これも、名前に対するあからさまな挑戦である。名前を与えることが「正しく存在する」ことだとすれば、「僕」は「猫の「正しい名前」はない」と言っていることになるからである（これは、もちろん岡真理『彼女の「正しい名前」とは何か』〔青土社、二〇〇〇・九〕をもじっている）。それは、猫の存在を否定することだ。逆に言えば、その存在を否定するには「名前」を呼ばなければいい、ということになる。

名前と存在と役割

次は、駅名について議論する場面を挙げよう。

「なるほど」と僕は言った。「しかしさ、もし名前の根本が生命の意識交流作業にあるとしたらだよ。どうして駅や公園や野球場には名前がついているんだろう？　生命体じゃないのにさ」

「だって駅に名前がなきゃ困るじゃありませんか」

「だから目的ではなく原理的に説明してほしいんだ」

運転手は真剣に考え込んで、信号が青に変ったのを見落した。（中略）

「互換性がないからではないでしょうか。たとえば新宿駅はひとつしかありませんし、渋谷駅と取りかえるわけにはいきませんしね。互換性がないこととマス・プロダクトじゃないこと。この二点でいかがでしょうか？」運転手が言った。

「新宿駅が江古田にあると楽しいけど」とガール・フレンドが言った。

「新宿駅が江古田にあれば、それは江古田駅です」と運転手が反論した。

「でも小田急線も一緒についてくるのよ」と彼女が言った。

「話をもとに戻そう」と僕は言った。「もし駅に互換性があったらどうする？　もしだよ、もし国電の駅が全部マス・プロダクトの折りたたみ式で新宿駅と東京駅がそっくり交換できるとしたら？」

「簡単です。新宿にあればそれは新宿駅で、東京にあれば、それは東京駅です」

「じゃあそれは物体についた名前ではなく、役割についた名前ということになるね。それは目的性じゃないの？」

運転手は黙った。しかし今回の沈黙はそれほど長くは続かなかった。

「私はふと思うのですが」と運転手は言った。「我々はそのようなものに対してもう少し暖かい目を注いでやるべきではないでしょうか？」

「というと？」

「つまり街やら公園やら通りやら駅やら野球場やら映画館やらにはみんな名前がついてますね。彼らは地上に固定された代償として名前を与えられたのです」

新説だった。

「じゃあ」と僕は言った。「たとえば僕が意識を完全に放棄してどこかにきちんと固定化されたとしたら、僕にも立派な名前がつくんだろうか？」

運転手はバックミラーの中の僕の顔をちらりと見た。どこかに罠《わな》がしかけられているんじゃないだろうかといった疑わしそうな目つきだった。「固定化といいますと？」

「つまり冷凍されちゃうとか、そういうことだよ。眠れる森の美女みたいにさ」

「だってあなたには既に名前があるでしょう？」

「そうだね」と僕は言った。「忘れてたんだ」（上、二六三〜二六五ページ）

ここで語られていることは哲学的なことだ。名前はいったいどういうものであるかというテーマだ。

運転手は名前について、「互換性がない」のがその特性だと言っている。だから、「取り替えがきかない」と主張する。名前はある固有性を持っているから、交換不可能だと言うのだ。そこで、「僕」が新宿駅という名前が、物体についた名前ではなく役割についた名前だと考えたらどうだろうと言う。そうすると、運転手は地上に固定された代償として名前を与えるのだと言う。ある場所を占めると名前が与えられると言うのだ。そこで、「僕」も固定されると名前が与えられるのかと問うと、「あなたには既に名前があるでしょう」と言われる。ところが、「僕」は「忘れてたんだ」と答えるのである。

ここに二つの問題が浮かび上がってくる。一つは後に論じることになるが、「僕」が名前をめぐって「場所探しをしている」ということである。自分が固定されるべき場所を探していることが暗示されるのだ。もう一つは、またしても彼が名前を忘れていた、しかも自分の名前を忘れていたという不自然なことを言っているということである。「僕」はなぜこうまでして、名前を忘れたがっているのだろうか。

本当に探しているもの

さらに、名前にこだわる記述は続く。

「それにいわしっていい名前だわ」

「そうだね。たしかにいい名前だ。猫も僕に飼われているより、あそこにいた方が幸福かもしれないな」

「猫じゃなくていわしよ」

「そうだ。いわしだ」

「どうしてずっと猫に名前をつけてあげなかったの？」

「どうしてかな？」と僕は言った。そして羊の紋章入りのライターで煙草に火を点《つ》けた。

「きっと名前というものが好きじゃないんだろうね。僕は僕で、君は君で、我々は我々で、彼らは彼らで、それでいいんじゃないかって気がするんだ」（下、十ページ）

「僕」はここで、「名前というものが好きじゃない」とはっきり宣言している。それは、現実の社会を拒否しているという宣言であろう。しかし、実際には「僕」は現実の社会で生きていかなければならないし、そのためには名前なしではやってはいけない。「好きじゃな」くても自分の名前は引き受けなければならないだろう。

つづいて、羊を探して、ようやく北海道のある「部落」の情報に辿り着いた場面である。

「こんなケツの穴みたいな土地に名前なんてあるわけないじゃないか」と彼らは答えた。
そんなわけでこの開拓地にはその後しばらく名前さえなかった。(中略)
共同小屋に集まり、「部落には名前をつけない」という決議まで出した。役人は仕方なく、部落のわきを流れる川に十二の滝があったことから「十二滝部落」と名付けて道庁に報告し、それ以降「十二滝部落」(後に十二滝村)はこの集落の正式名称となった。
(下、八三ページ)

ここでも名前をめぐる物語、名前を拒否する物語がしつこいくらい出てくる。この小説はまちがいなく「名前をめぐる冒険」だ。しかし、そのことを隠すためにこそ、主人公やそのほかの登場人物は「羊をめぐる冒険」をさせられているのである。「羊をめぐる冒険」は「名前をめぐる冒険」を隠すために仕掛けられた装置だと言えるだろう。

させられる「名前探し」

羊に取り憑《つ》かれた右翼の「先生」の名を「北海道——郡十二滝町」に発見した場面を見て

みよう。

端から順番に眺めていくとまんなかあたりで「先生」の名前にでくわした。僕をここまで連れてきた「羊つき」の先生だ。（中略）

気づくべきだったのだ。まず最初に気づくべきだったのだ。最初に「先生」が北海道の貧農の出身だと聞いた時に、それをチェックしておくべきだったのだ。「先生」がどれだけ巧妙にその過去を抹殺していたとしても、必ず何かしらの調査方法はあったはずなのだ。あの黒服の秘書ならきっとすぐに調べあげてくれたはずだ。

いや、違う。

僕は首を振った。

彼がそれを調べていないわけがないのだ。それほど不注意な人間ではない。たとえそれがどれほど些細なことであるにせよ、彼はすべての可能性をチェックしているはずだ。ちょうど僕の反応と行動についてのあらゆる可能性をチェックしていたように。

彼は既に全てを理解していたのだ。

それ以外には考えられなかった。にもかかわらず、彼はわざわざ面倒な手間をかけて説得し、あるいは脅迫し、僕をこの場所に送り込んだ。何故だ？　たとえ何をするにしても僕よりは彼の方がずっと手際よくやれたはずなのだ。また何らかの理由で僕を利用しなければならなかったとしても、最初から場所を教えることだってできたのだ。（下、一九七〜一九八ページ）

ここで、場所と名前が一致する。場所探しと名前探しが重なっていることがわかる。ただしここでの問題は、この「黒服の秘書」がすでにすべてわかっていたということにほかならない。「彼は既に全てを理解していたのだ」。つまり、すべてわかっていた上で、理解していた上で、彼らはこの「僕」に羊探しをさせていたことになる。なぜか。僕に名前を発見させるためだ。

名前を手に入れた「僕」

終わり近く、「僕」が鼠の別荘を去る場面だ。

「あなたは猫の名前を覚えていますか？」

「いわし」と僕は答える。

「いいえ、いわしじゃありません」と運転手は言う。「名前はもう変ったんです。名前はすぐに変ります。あなたは自分の名前だってわからないじゃありませんか」（下、二三五ページ）

ここでも、「僕」は「自分の名前すらわからない」と言われる。しかし、「羊をめぐる冒険」を終えた「僕」には「自分の「正しい名前」」を引き受ける覚悟ができていた。

それは、「僕」が羊を探した報奨金をもらってジェイズ・バーに寄った場面ではっきりわかる。ジェイズ・バーは移転費用で困っている様子だ。

「ねえ、ジェイ、この店に移る時に金がかかったんだろ？」

「かかったよ」

「借金は？」

「ちゃんとあるよ」

「その小切手ぶんで借金は返せるかい？」

「お釣りがくるよ。でも……」
「どうだろう、そのぶんで僕と鼠をここの共同経営者にしてくれないかな？　配当も利子もいらない。ただ名前だけでいいんだよ」（下、二五五ページ）

これまであれほど名前を拒否してきた「僕」が、「ただ名前だけでいいんだよ」と言うのだ。最後の最後にこういう場面が書き込まれる意味は重い。

ここで行なわれているのは、契約である。契約は、近代社会生活の基本で、ある人間と名前とがつながっていること、その継続性が前提となって行なわれる。つまり、名前を引き受けない限り契約という行為はできないのだ。

ここで、固有名詞（名前）が近代社会でどういう機能を果たしているのかについて考えてみたい。

固有名詞は僕たちがこの社会の中である役割を引き受けるためには是非必要なものである。たとえば、僕たちが何かの契約をするときに判子を押したりサインをしたりする。そのことで契約が結ばれることになる。そのとき、僕らの名前、つまり判子やサインはそれが僕自身であるという、僕らの代わりになってくれる。僕たちの名前が僕が契約したということの印になるわけだ。契約書に名前が書かれることによって、まさに僕がそこにいることの証になる。それが社会の中で名前が持つ意味だ。

僕たち自身はいつも契約した場所にいられるわけではない。当たり前の話だ。契約の書類は、二通作られるのが普通で、一通は僕たちが持ち、もう一通は相手に持って帰られてしまう。しかし、そのときにその書類に僕たちの名前が書いてあれば、その書類は僕たちを代行表象する。名前が僕たちの代わりになる。それが固有名詞というものである。

固有名詞（名前）は僕たちのアイデンティティの保証になる。僕が僕であり続けること、つまり十年前は石原千秋で、その後も石原千秋である、そういうものとして常にその人がその人であり続けるということの証になる。僕たちが時間的に過去から現在、未来にわたって同一であるということが保証されないかぎりは、契約という行為は成り立たない。サインした一週間後の僕はもう「石原千秋」ではありませんと言いはじめたら、契約は成り立たないのである。

こういう具合に、名前は「昔も今も僕」、「あそこにいてもここにいても僕」と、僕たちが時間的・空間的な同一性を持ち続けているということの証なのである。名前は僕たちをある意味で固定するのだ。そう考えれば、「新宿駅」という名前が役割に与えられているのか、固定されていることに与えられているのかという議論は、まんざら荒唐無稽ではなかったことになる。

「僕」が羊探しの報奨金として手にした小切手も、名前がその紙切れを保証するものだった。その小切手で、「僕」は何を買ったのか。「名前」を買ったのだ。それまで「忘れていた」自分の名前を、その小切手で買ったのである。「ただ名前だけでいいんだよ」。名前以外のものは、何一つ買わなかった。「僕」は「僕の正しい名前」を手に入れた。

この小説が「名前をめぐる冒険」であることはあまりにも明らかだろう。僕は『風の歌を聴け』を論じたところでこういうふうに言った。「作家というのは一番書きたいことを隠しながら書くものだ」と。この小説もまさにそういうつくりになっている。

「君自身の問題」とは何か

あらためて、名前が「僕」にとって何を意味するのかを考えてみたい。

「僕」と妻だった女性が離婚の話し合いをするときの会話である。

「結局のところ、それは君自身の問題なんだよ」と僕は言った。（上、四十二ページ）

彼女が「僕」の友人と浮気をして、肉体関係を持った。それが離婚の原因になっている。それを、「僕」は「それは君自身の問題なんだよ」と言うのだ。つまり、「僕」の問題ではないということである。

法律上、まちがってはいないだろう。しかし、結婚をしている男女が離婚をするときに、それが片方だけの問題であるということはおそらくあり得ない。人間関係は、相互的なものだからだ。人間的な問題として考えたときに、片方だけに一〇〇パーセント責任があるということはあり得ない。しかし、「僕」はそういうふうに言ってしまう人間なのである。

ところが、「僕」はこうも言ってしまうのである。「その殆んどは僕の責任だった」（上、四十三ページ）。今度は自分の責任だと言うのだ。そして「おそらく僕は誰とも結婚するべきではなかったのだ」。ここまではいい。次がおかしいのである。「少くとも彼女は僕と結婚するべきではなかった」。僕の責任だと言っておきながら、最後にはまた彼女の責任になってしまっている。「僕」はどこまで「責任」から逃れる気なのだろうか。

「僕」が鼠の恋人と会話する場面にもそれが表れている。

「時々こう思うの。結果的に私はあの人を利用していたんじゃないかってね。そして彼はそれをはじめからずっと感じとっていたんじゃないかしらってね。そう思う?」

「わからないな」と僕は言った。「それはあなたと彼とのあいだの問題だから」(上、一七六ページ)

鼠の恋人は、責任を感じている。しかし、ここでも「僕」は自分を問題の埒外《らちがい》に置くことを確認するのである。

しかし、やはり「名前探し」の冒険をする中で、少し様子が変わってくるところがある。黒服の秘書から取引を持ちかけられた場面だ。

「我々は友だちです」と僕は言った。(上、一八七ページ)

二人の問題だと、「僕」は珍しくそう言った。

底なし井戸に小石を投げ込んだような沈黙がしばらく続いた。石が底につくまで三十秒かかった。
「まあいいだろう」と男は言った。「それは君の問題だ」（同）
「それは君の問題だ」と、はじめて問題が「僕」のものであるということを指し示される。さらに「僕」は羊男にも、ガール・フレンドにも追い打ちをかけられる。

「あんたは自分のことしか考えてないよ」（下、一七一ページ）
「あんたは自分のことしか考えてないんだよ」（同）
「あんたが自分のことしか考えなかったからだよ」（同）
「あなたにはまるで何もわかってないのね」とガール・フレンドが言った。そうだ、僕にはまるで何もわかっていなかったのだ。（下、二三五ページ）

もちろん、「僕」に何が「わかっていなかった」のかが問題なのだが、ここで重要なのは、「何もわかっていなかったのだ」と言う以上は、「いまはわかっている」ということが含意されているということである。

一年延びた命の意味

「僕」は、「羊をめぐる冒険」をはじめる前とはじめてから後では少し変わってくる。はじめる前までは、みんな相手の責任だと考えている。「問題」から自分を引き抜いてしまうのである。そして、それで済んでいた。ところが「羊をめぐる冒険」をはじめると、「それはおまえの問題」だ、「おまえは自分のことしか考えてない」、「おまえは何もわかってない」と責められはじめる。「僕」は考え込まざるを得なかっただろう。「名前をめぐる冒険」の意味は、まさにそこにあった。

しかし言うまでもなく、「僕」が世の中で価値のない人間かというと、もちろんそうではない。「誰とでも寝る女の子」の話を妻にする場面では、妻に「でもあなたとは別だったんでしょ?」(上、三十六ページ)と言われる。その女性にとって「僕」は特別な人間だったということを、妻に言われるのである。おそらく、これは当たっている。

「二十五まで生きるの」と彼女は言った。「そして死ぬの」(上、二十三ページ)

ところが、次のページをめくってみると、ぽつんとこうあるのだ。

一九七八年七月彼女は二十六で死んだ。（上、二十四ページ）

「二十六で死んだ」。彼女の言葉と一歳合わないのである。彼女は自分の予定よりも一年長く生きている。それはなぜなのだろうか。その一年はどういう意味を持つのだろうか。この名前のない女の子が「僕」と付き合っていた期間がほぼ一年、それが答えだろう。

この名前を忘れられてしまった女の子にとって、「僕」と付き合っていた一年間は特別な一年間だったのだろう。だから、一年余分に生きたのだろう。もちろん、彼女の死は偶然にすぎない。しかし、結果として彼女の死は彼女自身の「予言」よりも一年遅れているのである。彼女にとって、「僕」はそれほど特別な人間だったのだ。

「僕」がわかっていなかったのは、「僕」自身にその自覚があろうとなかろうと、「僕」が他人にとって特別な存在になり得るということだったのである。

もう半分の自分

「完璧な耳」を持った娼婦からも、「僕」は同じようなことを言われる。

　彼女はまじまじと僕の顔を見つめ、それからため息をついた。「あなたって、本当に何もわかっていないのね」（上、七十六ページ）

これは、少し後でも繰り返される。「あなたには本当に何もわかってないのね」（上、七十七ページ）。再び問おう、「僕」には何がわかっていないのだろうか。


「でも少くとも今はあなたが私を求めてるわ。それにあなたは、あなたが自分で考えているよりずっと素敵よ」

「なぜ僕はそんな風に考えるんだろう？」と僕は質問してみた。

「それはあなたが自分自身の半分でしか生きてないからよ」と彼女はあっさりと言った。

「あとの半分はまだどこかに手つかずで残っているの」（同）

この「半分」こそが、「名前」のことなのである。そして、それが「僕」が探さなければならないものだった。「僕」は「自分のことしか考えてない」と羊男に言われる。つまり、彼には社会性がないと指摘されるわけだ。名前は僕たちが社会の中で生きていくために、また社会の中で承認されるために是非必要なものだった。その部分が彼には欠けているのである。

しかし、「誰とでも寝る女の子」だけでなく、この「完璧な耳」を持った娼婦にとっても、「僕」は特別な存在だった。「まずだいいちに僕を特別扱いしている理由がよくわからなかった」（上、七十六ページ）と言う「僕」に、彼女は、「少くとも今はあなたが私を求めてる」（上、七十七ページ）と答えている。求めることとそれに答えること、そういう相互性の中にこの女性は生きている。この「完璧な耳」を持った娼婦は、「僕」にそのことを教える、つまり「感情教育」（フローベール）をするのである。

終わり近くに、「もう半分の自分」について考えるために象徴的な場面がある。「僕」が鏡の前に立つ場面である。

僕は柱時計をもとに戻してから、鏡の前に立って僕自身に最後のあいさつをした。

「うまくいくといいね」と僕は言った。
「うまくいくといいね」と相手は言った。（下、二三八ページ）

「僕」が、鏡の中の自分、つまり自分の分身に話しかけている場面だ。ここで「僕」は「もう半分の自分」を見つけ出している。「名前をめぐる冒険」が終わりに近づいたことが、読者にもはっきりわかる仕掛けになっているのだ。

『羊をめぐる冒険』は、「僕」が僕自身の「もう半分の自分」である名前を手に入れるために「羊をめぐる冒険」という壮大な装置が仕掛けられた小説なのである。繰り返そう。書くべきことが隠されること、それはテクストが神話化することだ。

固有名詞と自分の場所

名前、つまり固有名詞について、先ほどとは違った観点から考えてみよう。

固有名詞は一般名詞とは違う性質を持っている。一般名詞は基本的に、指示対象（モノそのもの）、記号表現（音声や文字などの表現）、記号内容（意味）から成り立っているが、言語学は指示対象を考察の範囲に入れない。これは考えてみれば当たり前の話であって、たとえば

「馬」という名詞があったとする。そのときに言語学者が指示対象について研究するということは、馬の毛並みを研究するということにほかならない。そんなことを言語学者がやるはずはない。したがって、指示対象は言語学の考察からは外れることになる。

言語学が考察するのは記号表現と記号内容の二つの項目についてである。記号表現をまちがえる人はいないが、記号内容をまちがえる人は少なくない。馬なら馬という言葉の意味（記号内容）は、その辺を歩いている馬そのものではない。馬という言葉の意味が実際に生きている馬だとしたら、僕たちは嘘をつくことができなくなってしまう。しかし、僕たちは実際の馬を指差して「これは犬です」と言うこともできるし、「これはカバです」と言うこともできる。

先述した黒崎宏は、「言葉が使えるということは、自由に嘘がつけることだ」という意味のことを言っている。それは、記号内容がモノそのものではなく、ある記号表現が喚起するイメージだからにほかならない。記号表現は、僕たちの言語活動の中で、モノそのものから自由に離れることができるのである。だから、言葉の意味の受け取り方には個人差や文化の差があるのだ。

しかし、固有名詞はこういう一般名詞とは違っている。もちろん、ある固有名詞を聞いて、あるイメージを抱くことはある。たとえば、北野武という固有名詞を聞いたら、あのなぜか外国でしか評価されていない監督をイメージする人がいるかもしれないが、あの大して面白くもないお笑い芸人をイメージする人もいるだろう。しかしその大前提としてあるのは、北野武という固有名詞がある指示対象を持つということである。つまり、実際に北野武という人間がいるということだ。固有名詞と一般名詞はそこが違う。したがって、言語学は指示対象を考察の対象としない以上は、基本的には固有名詞も考察の対象としない。

柄谷行人は固有名詞を論じた数少ない批評家である。柄谷行人は、固有名詞は言語の中での外部性としてあると言う。しかし、固有名詞によって名指しされたある人が他ならぬ「この人」を指していることからもわかるように、固有名詞は他なるものとの関係において、他ならぬものとしてのあるものを指示していると言うのだ。

つまり、こういうことだ。固有名詞によって、たとえば北野武が指示されたとしよう。そうすると、北野武が北野武であるためには、北野武でない者との関係において、北野武は北野武であり得るということになる。考えてみれば、当たり前だ。北野武は、たとえば明石家さんまとは違うし、タモリとも違う。他の誰とも違うことにおいて、北野武は北野武であり得るわけだ。

これは、固有名詞は言葉の外部にはあるけれども、社会の外部にあるわけではないということを意味している。これも、当たり前だ。固有名詞は社会の内部にある。固有名詞は、この世界の単独なあるモノを指すのだから、単独性という性質を持っている。しかし、決して非社会的なものではない。その単独なあるモノが社会の中にある以上、固有名詞も社会的なものとしてあるということである。

したがって、僕たちは固有名詞を背負うことによって、社会的な存在としてはっきりと社会の中に位置を占め、社会から独立するが、それは社会の外部に出ることではなく、固有名詞を得ることによって、むしろ社会の中に「この他ならぬ私」としてしっかりと位置を占めることである。あるポジションを得ることになる。これが、固有名詞というものの働きである。

であれば、固有名詞がないということは、社会の中で「この他ならぬ私」が位置を占めていない、ポジションを得ていないということになる。

これは『羊をめぐる冒険』を読むためには重要なポイントだと言える。『羊をめぐる冒険』は「名前をめぐる冒険」、「名前を取り戻す物語」だと、前に論じた。ということは、『羊をめぐる冒険』は「僕」が社会性を取り戻し、社会の中での自分の位置を獲得する物語だということになる。そういう意味において、『羊をめぐる冒険』は「名前をめぐる冒険」なのである。

2 時間を探す物語

砂時計としての「僕」

『羊をめぐる冒険』はその実「名前をめぐる冒険」だったが、同時に「時間をめぐる冒険」でもある。「名前をめぐる冒険」では、「僕」は社会の中での自分の位置を取り戻す物語を生きた。「時間をめぐる冒険」も根本のところは同じだ。この二つの物語は、社会の中で自分を獲得する物語というもう一つのより大きな物語に接続されることになるだろう。

この主人公がもうたとえようもなく時間的存在であるということがはっきり書かれている場所がある。「僕」が別れ話をしている妻に、「誰とでも寝る女の子」の話をしていて、「僕」のあり方について指摘される場面だ。

「あなたには何か、そういったところがあるのよ。砂時計と同じね。砂がなくなってし

まうと必ず誰かがやってきてひっくり返していくの」（上、三十六ページ）

離婚する妻によって、この主人公の「僕」は「砂時計」だとはっきり指摘されている。「あなたは時間だ」と言われているわけだ。ただしこの時間は特別な時間であって、自分で時間を経過させる力がない。誰か他人がやって来ないと時間が経過しないらしい。

村上春樹の主人公たちはよく受け身だとか、巻き込まれ型だと言われる。何か事件があって、あるいは誰か人が来て、いやおうなくそこに巻き込まれていく。『羊をめぐる冒険』も同じで、巻き込まれ型の物語の典型例だと言える。しかし、その事件に物語としての本筋があるかどうかは別の問題だ。少なくとも、『羊をめぐる冒険』では「羊をめぐる冒険」は見かけの装置にすぎず、それが砂時計という時計の比喩と深く関わって、「時間をめぐる冒険」をはじめることのほうに大きな意味がある。

「僕」の妻が去った後の場面を見よう。

アルバムを開いてみると彼女が写っている写真は一枚残らずはぎ取られていた。僕と彼女が一緒に写ったものは、彼女の部分だけがきちんと切り取られ、あとには僕だけが残されていた。僕一人が写っている写真と風景や動物を撮った写真はそのままだった。そんな三冊のアルバムに収められているのは完璧に修整された過去だった。僕はいつも一人ぼっちで、そのあいだに山や川や鹿や猫の写真があった。まるで生まれた時も一人で、ずっと一人ぼっちで、これから先も一人というような気がした。（上、四十ページ）

ここでは「僕」の単独性が強調されているが、もっと重要なのは「完璧に修整された過去」という一節だ。時間が修整されているのである。離婚する妻によって時間が修整され、加工されてしまっている。だからこそ、「僕」は失われたその時間を取り戻さなければならないのだ。

現在の妻との関係について、「僕」はこう考えている。

彼女にとって、僕は既に失われた人間だった。（上、四十三ページ）

繰り返すが、だから取り戻さなければならないのだ。

広告代理店の下請けをしていた「僕」は、その仕事上の「相棒」にこう言われる。

「あの頃は楽しかったよ」と相棒は言った。（上、八十八ページ）

「あの頃は楽しかったよ」とは過去の話だ。ということは、「いまは楽しくない」ことになる。ここでも、「すでに失われた過去」について語られていることがわかる。

もう少し後にも、ほぼ同じフレーズが出てくる。「でも昔の方が楽しかった」（上、九十ページ）。「「昔は昔だよ」と警備員は言った」（上、一六一ページ）。これも過去に触れた言葉で、過去はもう取り返しようがないというような意味合いで使われている。

彼女の姿は僕が昔知っていたある女の子を思い出させた。（上、一六九ページ）

ここで現実の女性（鼠の元の恋人）と「昔知っていたある女の子」が重ねられている。「昔知っていた」というごくありふれたフレーズが、「昔」に対する関わり方がこれまでとは少し変わってきている感じを与える。「僕」が「昔」を自分の力で取り出している感じを与えるということである。「羊をめぐる冒険」が本格的にはじまると、この変化が顕著になってくる。

「なんだか昔みたいだな」と鼠は言った。(下、二一三ページ)

「羊をめぐる冒険」も終盤にさしかかると、昔を取り戻している。はじめのほうでは、もう取り戻せない時間であるかのように「昔の方が楽しかった」と言っていたが、この段階では「なんだか昔みたいだな」と、「昔」との関わり方が変わってきている。

この傾向は、「羊をめぐる冒険」が終わった場面では、もっと顕著である。この直前には、「ただ名前だけでいいんだよ」という、「僕」がついに名前を取り戻した場面があった。

ジェイは珍しく三十分も昔話をした。(下、二五六ページ)

珍しく昔話をしている。しかも三十分も。ここの段階になると、「僕」の周りに昔が戻ってきているのだ。「羊をめぐる冒険」のプロセスを通して、「僕」はまちがいなく時間を取り戻している。昔を取り戻しているのである。「羊をめぐる冒険」は、「時間をめぐる冒険」であって、それは「時間を取り戻す物語」だったのである。

アイデンティティと社会的責任

ここで、前節でも引用したところにもう一度注目しよう。


「それはあなたが自分自身の半分でしか生きてないからよ」と彼女はあっさりと言った。「あとの半分はまだどこかに手つかずで残っているの」

「ふうん」と僕は言った。

「そういう意味では私たちは似ていなくもないのよ。私は耳をふさいでいるし、あなたは半分だけしか生きていないしね。そう思わない？」

「でももしそうだとしても僕の残り半分は君の耳ほど輝かしくないさ」

「たぶん」と彼女は微笑んだ。「あなたには本当に何もわかってないのね」（上、七十七ページ）

これは、アイデンティティと深く関わっている。「自分とは何か」という問題である。

「自分とは何か」という問いにはおそらく答えようはないが、それでも僕たちには「自分は自分だ」と確信する瞬間があるだろう。仮にそれがいかに中身のないものであったとしても、「自分は自分だ」、「俺は俺だ」、「私は私だ」と確信する瞬間はたしかにある。そのときには、僕たちは二つのことをやっているはずだ。あるいは、二つのことを確認しているはずだ。

一つは、「自分が自分であるということを自分で信じること」である。

これには時間が関わる。つまり、過去から現在に至るまで、ある場合には生まれてからいまに至るまで自分はずっと自分であるということを、たぶん根拠もなく信じることだ。自分はずっと自分なのだと自己確認することである。それは、自分が時間的存在であるということを確認することだと言える。これがうまくできないと不安定になるだろうし、それに、社会的な責任も取れないだろうことは、明らかだ。

前に説明した、契約の話を思い出してほしい。僕たちは社会の中である契約をする。サインをして判子を押す。そうして契約をしてしまえば、一年前の自分といまの自分は違うからこの契約は無効であるとは僕たちは言えない。社会生活を営む以上、昔の自分といまの自分は違うと言うことはできない。したがって、僕たちは時間的に同一であるということを自分自身で確信していなければならない。そのことで、社会の中で自分というものの位置を見出すことができるのである。

アイデンティティのもう一つの面は、「どこにいても自分を自分だと、他人もまた認めてくれているという確信を得ていること」だ。

これは、少し抽象化して言えば、自分の空間的な確認と言っていいかもしれない。空間的に向こうにいる自分もここにいる自分も自分であることを他人が認めてくれているということだ。

「あそこにいた自分とここにいる自分は違うんですよ」と言ったら、契約は成り立たない。あの部屋で判子を押したけれども、いまこの部屋で僕は判子を押してないからその契約は無効ですというふうに言っても、払うべきお金は払わなければならない。そのことをすべて含めて他人が認めてくれなければ、アイデンティティは不安定にならざるを得ないのである。

だから僕たちは、まったく見知らぬ人の前では自分が自分であるということを証明することはできない。僕たちはそういうまったく自分を知らない人の中で、たとえば外国の街に一人で放り出されたら、ちょっと不安になる。公の機関が発行した写真入りの証明書は、その不安を解消する。もしかすると、パスポートは、より多く自分のためにあるのかもしれない。

話を戻そう。「僕」は「半分でしか生きていない」人間としてある。残りの半分はどこかに取り落としてきた。取り落としてきた半分は何かと言えば、いま論じているコンセプトで言うと、当然時間的自己だということになる。別の言い方をすれば、空間的な自分でしか生きていないということになる。

もちろん、「僕」は仕事をし、契約をしているわけだから、社会的には時間的な自己も空間的な自己も機能している。しかし、もっと実存的なレベルで、「僕」は時間的な自分を取り落としてしまっているらしい。

「僕」を操っていた鼠

時間的な自分の取り戻し方は、二通りありそうだ。一つは「僕」に直接関わるレベルでの出来事で、もう一つは「僕」とは別に進行している物語のレベルでの出来事である。

それは、「鼠殺しの物語」だ。『羊をめぐる冒険』では鼠は現実に死んでしまう。そもそも、このテクストの後半では「死ぬ」という言葉が多く使われている。「死んだ町みたいに見えるでしょう?・」（下、一〇九ページ）、「死にかけてる」、「町が死ぬとどうなるんですか?・」（下、一一〇ページ）というふうに、町を「死ぬ」という言葉で形容している。それから「それとも連絡するにも電話が既に死んでいたのかもしれない」（下、一八五ページ）ともある。「死んでいた」に傍点が打ってある。そして、鼠が死ぬ。

> 「君はもう死んでるんだろう？」
> 鼠が答えるまでにおそろしいほど長い時間がかかった。ほんの何秒であったのかもしれないが、それは僕にとっておそろしく長い沈黙だった。口の中がからからに乾いた。
> 「そうだよ」と鼠は静かに言った。「俺は死んだよ」（中略）
> 「台所のはりで首を吊ったんだ」と鼠は言った。（下、二二〇ページ）

『羊をめぐる冒険』は、現実に鼠が死んだことを確認する「冒険」でもあったわけだ。鼠が死んだということは、「僕」が鼠の時間を奪ったということにほかならない。それは、鼠が柱時計のねじを巻くこと（下、二二〇ページ以降）に、はっきりと象徴されている。「僕」は「砂時計」だったから、鼠は自分の死と引き換えに僕に時間を差し出すのである。もちろん柱時計と砂時計の違いはあるが、それは文学的には実体の違いではなく、比喩の違いでしかない。「僕」の時間のねじを巻いていたのは実は鼠だったということがここで明らかになるのである。

村上春樹文学の神話的力学を司っていたのは、鼠だったのだ。だから、鼠は殺されなければならなかった。形を変えて何度も甦るように、だ。「僕」という人間の主人は鼠だった。つまり、「僕」という人間の「父親的存在」は鼠だったのである。

ここまで来れば賢明なる読者は、このあとに「父親殺し」の話をすることになると予想するにちがいない。なるほど、この『羊をめぐる冒険』には、穏やかな「父親殺し」の話が仕掛けられている。それは、いるかホテルの羊博士と、その息子（支配人）の物語だ。

この息子である支配人と羊博士との関係はうまくいっていない。

「しかし父親は七十三になって、羊はまだみつかりません。本当にそれが存在するのかどうかさえ私にはわかりません。本人にとってもそれほど幸福な人生ではなかったような気がするんです。私は今からでも父親に幸福になってほしいんですが、父親は私を馬鹿にしていて何も言うことをきいてくれません。それというのも私の人生に目的というものがないからです」
「でもいるかホテルがあるわ」とガール・フレンドがやさしく言った。
「それにもうお父さんの羊探しも一段落したはずですよ」と僕がつけ加えた。（下、七十

四ページ）

羊博士（父）の羊探しが一段落したということは、父の人生の目標がもう父の手に入ったということを意味する。それは、父の人生が終わりに近づいたということでもある。先の引用文は、こう続く。

「残りの部分は我々がひきうけたから」
支配人はにっこりとした。（同）

ここで「父親殺し」の残りの半分がいるかホテルの支配人と羊博士との関係から、「僕」に引き継がれたことがわかる。つまり、「僕」と鼠との関係に引き継がれたのだ。これは、その引き継ぎの儀式だと言える。さらに、こう続く。

「それならもう何も言うことはありません。我々はこれから二人で幸福に暮せるはずです」

「そうなるといいですね」と僕は言った。（下、七十五ページ）

父が人生の目的を一段落させた。そうすると、それまで仲が悪かった、羊博士が馬鹿にしていた息子である支配人と幸福に暮らせるはずだという。それまで対立していた父である羊博士と息子である支配人が和解したのだ。二人の和解と、「父親殺し」という名のゲームの引き継ぎがここで同時に行なわれたのである。

二つの「父親殺し」

「父親殺し」はオイディプス神話をもとにしてフロイトが作った、男の子の成長の物語であるということは多くの人が知っているだろう。男の子が一人前になるためには父親を乗り越える――「殺す」というのは比喩的な言葉だ――必要があるということである。フロイトはそこに性的な意味を見出したが、いまは排除しておく。

そうすると、このいるかホテルの羊博士が人生の目的を終えて息子と和解することは、息子の側から見れば、少なくとも父と同等の存在になったことになる。そのような形で、このいるかホテルの羊博士と支配人は「父親殺し」の儀式を済ませたのである。それは、「僕」

と「完璧な耳を持った」ガール・フレンドがもたらしたものだった。

では、「父親殺し」の意味はどういうものだろうか。それは、父が自分の時間を息子に与えるということであろう。父は死ぬことで、それまでの自分の人生の意義を息子に与えるのである。自分が人生で得た教訓、さまざまな意義、そういうものを息子に与えるのである。これは自分が生きた時間、そしてこれから生きるはずだった時間を息子に与えることだと言える。

これを息子の側から見れば、父の生きてきた時間を引き受けることになる。そのことによって、僕たちは時間的につながっていく。親から子へ、子から孫へと時間的につながっていく。しかし、ただでは渡せない。何らかの儀式が必要だったのだ。その儀式が終わると「父親殺し」が完成する。

したがって『羊をめぐる冒険』は、レベルはまったく違うが、「鼠殺し」と「羊博士殺し」が同時に行なわれていると言うこともできる。そのことによって、主人公の「僕」は時間を手に入れることができるのだ。

鏡に映るもう一人の「僕」

ここでもう一度、鏡の場面を見ておこう。

　凝った木枠のついた見るからに時代ものの鏡だったが高価なものらしく、磨き終えたあとにはくもりひとつ残らなかった。歪みもなく、傷もなく、頭の先から足の先まできちんと像が映った。僕は鏡の前に立ってしばらく自分の全身を眺めてみた。とくに変ったことは何もない。僕は僕で、僕がいつも浮かべるようなあまりぱっとしない表情を浮かべていた。ただ鏡の中の像は必要以上にくっきりとしていた。そこには鏡に映った像特有の平板さが欠けていた。それは僕が鏡に映った僕を眺めているというよりは、まるで僕が鏡に映った像で、像としての平板な僕が本物の僕を眺めているように見えた。僕は右手を顔の前にあげて口もとを手の甲で拭ってみた。鏡の向うの僕もまったく同じ動作をした。しかしそれは鏡の向うの僕がやったことを僕がくりかえしたのかもしれなかった。今となっては僕が本当に自由意志で手の甲で口もとを拭いたのかどうか、確信が持てなかった。（下、二〇二〜二〇三ページ）

「僕」は「向こう側の世界」に行ってしまったわけだ。こちら側の世界には虚像としての「僕」が残っている。こちら側の「僕」は誰かに動かされているという感覚がある。そういう感覚を得たように見える場面だろう。


僕は「自由意志」ということばを頭の中にキープしておいてから左手の親指とひとさし指で耳をつまんだ。鏡の中の僕もまったく同じ動作をした。彼もやはり僕と同じように「自由意志」ということばを頭の中にキープしているように見えた。

僕はあきらめて鏡の前を離れた。彼もやはり鏡の前を離れた。（下、二〇三ページ）

ここでは「僕」が二人になってしまっている。「時間を取り戻す冒険」の最後に「僕」が二人になっている。

そこで思い出してほしいのが、「あなたが自分自身の半分でしか生きてない」（上、七十七ページ）という言葉だ。自分自身の半分しか生きていない「僕」がもう半分の自分を空間的に取り戻したその場面が、まさにここなのだ。これは、鏡の場面なのだから、「僕」が自分自身のもう半分の自分を取り戻す空間的な表象だと言える。時間を空間的に取り戻したのである。時間を取り戻せば、「僕」は一人前の自分になるのだから、空間としての自分も取り戻すことになるのだ。そして、この後にまさに「僕」が時間としての自分を取り戻す場面が出てくる。

時間の引き渡し

最後はこうなる。もうここまで来ればほとんど説明の必要はないだろう。


「何もかも終ったんだな」と羊博士は言った。「何もかも終った」

「終りました」と僕は言った。

「きっと君に感謝しなくちゃいけないんだろうな」

「僕はいろんなものを失いました」

「いや」と羊博士は首を振った。「君はまだ生き始めたばかりじゃないか」

「そうですね」と僕は言った。

部屋を出る時、羊博士は机にうつぶせになって声を殺して泣いていた。僕は彼の失われた時間を奪い去ってしまったのだ。それが正しいことなのかどうか、僕には最後まで

わからなかった。（下、二四九ページ）

はじめ、「僕」はまだ自分が時間を得たという感覚を持つことができずに「僕はいろんなものを失いました」と言う。しかし、羊博士はそうは見ていない。「君はまだ生き始めたばかりじゃないか」と言う。なぜなら、「僕」は彼の「失われた時間」を奪い去ってしまったからである。これは「父親殺し」を「僕」がみごとに引き受けた場面なのである。「父親殺し」をすることは父の時間を奪うということ、他人の時間を奪うということなのだ。

そして、ほんとうの最後。

僕は川に沿って河口まで歩き、最後に残された五十メートルの砂浜に腰を下ろし、二時間泣いた。そんなに泣いたのは生まれてはじめてだった。二時間泣いてからやっと立ち上ることができた。どこに行けばいいのかはわからなかったけれど、とにかく僕は立ち上り、ズボンについた細かい砂を払った。

日はすっかり暮れていて、歩き始めると背中に小さな波の音が聞こえた。（下、二五七ページ）

生まれてはじめてのことが「僕」にも起きている。新しく生きはじめた証拠だ。僕は立ち上がる。新しく生きはじめる「僕」の姿が、文章としてはっきりと表れている。

ここで二つ指摘しなければいけないことがある。一つは、「僕」が泣いた動作が、二四九ページの羊博士の泣いた動作を模倣しているということである。「僕」は完全に羊博士の時間をもらったのだ。だから、「僕」は生まれてはじめてこんなにたくさん泣くことができた。それは、「僕」が羊博士の喪失感も含めて受け取ったことを意味する。

それが人の時間をもらうということだ。人の時間をもらうことはいいことばかりではない。喪失感も含めてもらうのだ。だから、泣くことができた。あるいは泣かなければいけなかった。そしてもう一つは、喪失感も含めて人の時間を、あるいは人の生を受け止めることができた「僕」は、はじめて自分の足で歩くことができるようになったということである。

これで前に論じた死と再生の儀式がすべて終わった。「僕」はようやく一人前になり、新しい物語を生きることができるようになった。これが「時間をめぐる冒険」の結末だ。当然、「僕」は社会的なポジションをも手に入れたはずだから、そういう意味で、これは「名前をめぐる冒険」とぴったり重なることになる。

繰り返す。「僕」は羊博士から時間をもらった。これが「羊をめぐる冒険」でなくてなんだろう。

自己神話化するテクスト

『風の歌を聴け』、『１９７３年のピンボール』、『羊をめぐる冒険』は「鼠三部作」と呼ばれる。すべてに鼠が登場するからだ。

しかし、これら三つのテクストが「三部作」としてあるのは、それだけが理由ではない。これら三つのテクストに、ある神話的な力が働いているからにほかならない。それは、一度起きた物語を過去に送り込んで神話化する力である。神話化した物語は変形されて、いつでもどこでも、この「現実世界」に回帰するだろう。だからこそ、僕たちは神話を何度も参照して、そしてそこから新しい物語を作り出すことができるのである。

『１９７３年のピンボール』が『風の歌を聴け』を受けていることは、あまりにも明らかだろう。『１９７３年のピンボール』の神話的な力学は、『風の歌を聴け』の世界を引き受けながら、それをいったん死に追いやることにある。

具体的にはこういうことだ。『風の歌を聴け』の「いま」は一九七〇年だった。しかし、

『1973年のピンボール』では、一九七三年の「いま」の物語を動かすために、三年前の一九七〇年の物語を「過去」の神話のように機能させていたということである。それが『1973年のピンボール』で行なわれていることだ。だから、『1973年のピンボール』は『風の歌を聴け』殺しの小説であるということになる。いったん殺すことによってそのデビュー作『風の歌を聴け』が神話になるのである。

したがって、『1973年のピンボール』の次の小説は『羊をめぐる冒険』になる。羊を探すということ、つまり新しい物語を探すことが求められる。そういう課題が与えられる物語、新しい物語を作り出す小説になる。ここには、神話の誕生、神話殺し、そして神話の再生という力学が働いている。これが三部作の意味だ。

村上春樹が自己神話化するためには、いったんデビュー作を殺さなければいけなかった。いったんデビュー作を殺すことによって村上春樹は自己を神話化することができた。その殺すという作業を行なう意味において、『1973年のピンボール』は村上春樹の自己神話化がはじまった小説だと言うことができる。

『風の歌を聴け』の「話」の終わりである「1970年」の「8月26日」が『ノルウェイの森』の直子が自死した日だということはよく知られているし、『1973年のピンボール』

では「僕」と深く関わる女性に「直子」という名前が与えられたこともよく知られている。『1973年のピンボール』では鼠が「この街」から「世界の果て」に放逐されたばかりでなく、そもそも「1970年」という年と、「1973年」という年が、抹殺されるためにこそ書かれていた。さらに、「世界の果て」という言い回しからごく自然に思い浮かべるのは、『世界の終りとハードボイルド・ワンダーランド』だろう。『風の歌を聴け』を起点として、さまざまな物語が生み出されていく。与えること、奪うことも神話的力学の働きである。

繰り返すが、村上春樹はいつ終わるともしれない一つの「大きな物語」を書き続けているようだ。それを可能にしているのは、村上春樹の自己神話化である。村上春樹は自己のかつての小説を神話のように働かせて、新しい物語を書いていく作家なのである。

第四章　『世界の終りとハードボイルド・ワンダーランド』

1 「私」が時計になる物語

ペーパー・クリップでつながれた世界

とにかく変わった小説だ。僕はこの荒唐無稽でありながらも無類に面白い小説のストーリーを読み替えようとは思っていない。この小説のストーリーは楽しめばいい。

ただ、僕はこの小説で村上春樹はある実験を行なったのではないかと考えている。それは、時間と人間、空間と人間との関わりを小説化することだ。思えば、これまで論じた小説でもこれら二つの事柄は何度も問われていた。だから、この章ではこの二点について集中的に考えていこうと思う。

奇数番号の章が「ハードボイルド・ワンダーランド」で、偶数番号の章が「世界の終り」になっているが、「ハードボイルド・ワンダーランド」の一人称主語が「私」、「世界の終り」の一人称主語が「僕」という具合にきれいに書き分けられている。「ハードボイルド・ワンダーランド」では「私」は「シャフリング」という奇妙な仕事を強いられ、「世界の終り」では「僕」は「夢読み」という奇妙な仕事を強いられる。

ただ、多くの読者はこの二つの世界に何らかの関わりがあると読むだろう。たとえば、「世界の終り」は「ハードボイルド・ワンダーランド」の「私」の頭の中の世界だというふうに。

『1973年のピンボール』では「マッチ」という小道具で七百キロ離れている鼠の世界と「僕」の世界がつながっていたように、『世界の終りとハードボイルド・ワンダーランド』では「ペーパー・クリップ」が二つの世界をつなげている。

カウンターの上には銀色のペーパー・クリップがちらばっていた。僕はそれを手にとってしばらくもてあそんでから、テーブルの椅子に腰を下ろした。（上、七十ページ）

「世界の終り」の「僕」が頭骨について調べに行った図書館のレファレンス・カウンターの上に、「ペーパー・クリップ」が載っている。「ハードボイルド・ワンダーランド」では、「私」がシャフリングの仕事を依頼される部屋の机の上に「ペーパー・クリップ」が散らばっている。

それからペーパー・クリップが七個か八個ちらばっていた。どうしてこんなにいたるところにペーパー・クリップがあるのか、私には理解できなかった。（上、一三二ページ）

こういうふうに、「ペーパー・クリップ」というちょっとした小道具が、二つの「世界」を束ねている。もちろん、「束ねる」のは「ペーパー・クリップ」の役目である。これは、この小説が読者に出している「二つの世界を束ねてごらんなさい」というサインのようなものかもしれない。

異なる時間の流れ方

たとえば、加藤典洋はこの「パラレル・ワールド」はみごとに書き分けられているし、みごとにつなげられていると言っている（『村上春樹イエローページ』荒地出版、一九九六・一〇）。その上で、「ハードボイルド・ワンダーランド」の日程表を作っている。

その日程表によると、九月二十八日から十月三日までの六日間の出来事が書かれていることになる。しかし、加藤典洋は「世界の終り」の日程表は作っていない。作ろうと思えば作れるのに、である。なぜだろうか。

「世界の終り」のほうは「私」の頭の中の世界にすぎないらしいからだろうか。つまり、現実の時間ではないから作らなかったのだろうか。

それもあるかもしれないが、はっきりしているのは、「世界の終り」の日程表を作るなら、月ごと、あるいは季節ごとのスパンにでもするしかないということである。何月何日というように非常に精密な時間が流れている「ハードボイルド・ワンダーランド」に対して、「世界の終り」のほうの時間は非常に緩やかに流れているのである。

たとえば、第2章（ということは、「世界の終り」の最初の章）の冒頭はこうなっている。

秋がやってくると、彼らの体は毛足の長い金色の体毛に覆《おお》われることになった。（上、二十九ページ）

「秋がやってくると」とはじまっている。この少し後には、「僕《ぼく》が最初にこの街にやってきた頃《ころ》――それは春だった――」とある。季節の指示しかないのである。あるいは第12章にはこうある。

結局、秋がやってきても、僕にはきわめて漠然《ばくぜん》とした街の輪郭しか描くことはできなかった。（上、一九九ページ）

二つの世界では時間の流れがまったく異なっているのである。「世界の終り」の日程表を作るとすれば、大雑把なものにしかならない。それが、おそらく加藤典洋をして日程表を作らせなかった理由だろう。

分刻みの時間と季節の時間

「ハードボイルド・ワンダーランド」ではまさに分刻みで時間に追われている場面も多い。この九月二十八日から十月三日までの六日間の間では、「私」のほうは睡眠不足が続いて昼夜の区別もできなくなるような状態に置かれている。時計の時刻は非常に細かく刻み込まれるが、その中で生きている「私」のほうは、その時計で刻まれる時刻を意識できないほど時間に追い立てられているのである。

一方、「世界の終り」の「僕」のほうは、目にナイフで手術のようなことを施されて、晴れた日の昼間には外出できない。ということは、昼間外に出られない「世界の終り」の「僕」

は、昼夜の区別を明確に意識せざるを得ない人物だということになる。そういう対照的な二人の人物が主人公になっているのである。

もっと根本的なことを言えば、そもそも「世界の終り」において時間の終わりがあるとすれば、それは「僕」が街を出る意志に任せられている。「僕」がいつ街を出るのか、そのときが時間の終わりのはずなのである。ところが、「ハードボイルド・ワンダーランド」のほうでは世界の終わりがやって来るのは、十月三日の正午と決められてしまっている。「私」の意志と関わりなく、外的な条件によって決められてしまっているのである。こういう意味でも二つの「世界」は対照的だ。

「世界の終り」の「僕」の「夢読み」はいつ終わるとも知れない永遠に続く仕事のように見えてしまうのに対して、「ハードボイルド・ワンダーランド」の「私」の「シャフリング」のほうはきっちりと時間が区切られた仕事となっている。また、「世界の終り」の「僕」の仕事は夕方から始めればいいという程度の緩やかな規程しかないのに対して、「ハードボイルド・ワンダーランド」の「私」の「ブレイン・ウォッシュ」のほうは「一時間―三十分―一時間―三十分」（上、七十七ページ）というサイクルで鳴り続ける腕時計によって正確かつ機械的に区切られている。

さらに、「世界の終り」では「街」のほぼ中心に「大きな時計塔」が建っている。

北の広場の中央には大きな時計塔が、まるで空を突きさすような格好で屹立《きつりつ》していた。もっとも正確には時計塔というよりは、時計塔という体裁を残したオブジェとでも表現するべきかもしれない。何故《なぜ》なら時計の針は一カ所に停《と》まったきりで、それは時計塔本来の役割を完全に放棄していたからだ。（上、六十五ページ）

この時計塔の中はどうも空洞らしいが、「世界の終り」はまさに時計が機能しない場所なのである。このように、「ハードボイルド・ワンダーランド」と「世界の終り」という二つの世界では時間の質が異なっている。

王の時間から民衆の時間へ

では、そもそも時間と人間はどのように関わってきたのだろうか。福井憲彦『時間と習俗の社会史』（ちくま学芸文庫、一九九六・二）を参照しながら、考えていこう。

時計発明以前の時間は神のものであったり、自然のサイクルそのものであった。ところが、時計の発明によって、人間は均質に進む時間を自分たちの手に入れた。

　極端に言えば、時計の発明は神や自然から人間が時間を奪う道具となったのである。ただ、時計がすぐに庶民に行き渡ったわけではなく、奪った時間はまず王のものとなった。そこで、ヨーロッパ中世の都市にはまず何よりも先立って、中心部に時計塔が造られたと言う。

　中世の都市で王が時計塔を造るのは、時間を治めることが社会を治めることだからである。その時代には、まだ時間は権力のシンボルだった。したがって、時計塔は権力のシンボルだったことになる。時間を治めるのは自分だと、時計塔によって王が宣言しているわけだ。時計塔が中心にある「世界の終り」がどことなくヨーロッパ中世の都市を思わせるような感じを与えるのは、こういう理由にもよっている。

　近代に入ると、次第に価格の安い時計が生産されるようになった。そのことで民衆に時間が行き渡ったが、それだけでは時計による時間意識は身につかなかった。

　時計の時間が民衆の身につくには、鉄道網の発展が決定的な影響を及ぼしたと考えられている。汽車を事故が起きないように時間通りに運行するということが、そして時間通りに運行される汽車に乗り遅れることなく駅に行くことが、近代社会の原動力になったからである。鉄道網の発達によって、時間が民衆に行き渡っていくことになったわけだ。時間が民衆のものになるためには、こうした物質的な基礎が不可欠の条件だったのである。

ただ民衆に時間が行き渡ったといっても、日常生活の中で時間を守る習慣が身につくまでにはいくつかの段階があっただろう。

たとえば、かつて日本人は時間を守らない民族だとよく言われた。たしかに明治期の雑書を読んでいると、礼儀作法を説く本の最初のほうに「時間を守ること」という意味のことが書いてあることが多い。これは西洋社会は時間厳守であって、それが「近代」というものだと、啓蒙期の日本人が考えたからである。

僕自身は中学校の英語の授業で「パンクチュアル」という単語を習ったときに非常に驚いた。日本語では「時間を守ること」という表現が必要なのに、「時間を守ること」が一単語なのかと思ったのだ。おそらく、日本語を使っている民族にとっては「時間を守ること」はかなり努力を要することだったのだろう。ところが、アルファベットの国の人にとっては、実際に日常生活で時間を守っているかどうかは別として、当然守るべきだという意識があるのだろう。なにしろ、「時は金なり」の人々なのだから。

もっとも、時間を守ることは欧米でも最初はエリートのアイデンティティの証だった。たとえば、フランスのリセというエリートが通う高等学校で行なう教育の一つは、時間を守らせることだったと言う。それが、エリート教育の第一歩だったのである。近代日本の学校でも、フランスほどではないにせよ、事情は似たようなものだった。時間によって身体を管理できるのは、まずはエリートの証だったのである。

「時計の時間」からの自立

近代の工業社会になると、民衆が工場労働者として雇われることになる。サラリーマンの誕生である。ブルーカラーの増加に伴って、彼らを管理するホワイトカラーも増加していった。そこで、サラリーマンの比率が近代化の一つの指標になるのである。そういう社会になると、エリートだけが時計の時間を守ればいいという時代ではなくなってくる。

工場はベルト・コンベアーなどのさまざまなシステムが一つになって動いているから、ある部門の担当者が来たけれども、別のある部門の担当者は来ていないのでは、工場全体が動かない。だから、みんなが一斉に来てもらわないと困る。あるいは、機械を休ませるためにはみんな一斉に帰らなければならない。したがって、工業社会になると一般大衆も時計の時間を守ることが求められることになる。

これが鉄道の発達に加えて、時間が大衆に行き渡るということの物質的基礎であり、社会的条件である。僕たちにとっては当たり前の話だが、工業社会ではなかった国に「現地工場」を作るときには、「時計の時間」を守ることから教えなければならなかったという話をいまでもよく聞く。

近代以前の狩猟の時間であったり、農耕の時間であったりということであれば、時計の時間はなくてもよかった。日が昇ったり日が沈んだり、あるいは季節が変わったり天候が変わったり、それらの自然の条件に合わせて働けばよかった。あるいは、それらの自然の条件に合わせて働かなければならなかった。しかし、工業社会になれば時計の時間を基準に働くことが求められる。近代の初期にはそれが人々に違和感を与えただろうことは、チャップリンの有名な映画『モダン・タイムス』を見てもよくわかる。

時間を守ることはこういう社会の秩序を身につける基本である。これは「時間の時計化」と言うことができる。時間が時計に還元され、特化されてしまうことで、一般大衆は時間の奴隷となる。そして、人々の内面までもが時間に管理されることになる。しかし、そうならない限り、近代人としてはまともな社会生活を送ることはできない。ごく少数の天才的な人物以外は。

時間を内面化することは、時間が個人化すると言い換えることができる。「時間の個人化」

とはどういうことだろうか。今度は真木悠介（見田宗介）『時間の比較社会学』（岩波書店、一九八一・十二）を参照しながら、考えてみよう。

暴力的な時間社会の中で、人が個人として社会の時間から相対的に自立するためには、時間を内面化せざるを得ないという逆説がある。つまり、時間の奴隷になることによってしか社会から自立できないという逆説があるわけだ。真木悠介はこう言っている。「時間が人々の外に析出し客体化されるということは、逆にまた、諸個人が時間の外に主体化されるということでもある」と。

「時間が人々の外に析出し客体化される」とは、「時間の時計化」のことを言っている。しかし、それは逆にまた「諸個人が時間の外に主体化されるということ」でもあると言うのである。

腕時計の発明を考えてみよう。腕時計として、時間を個人が持つ。つまり、時間が腕時計という形で物質化される。そのことによって、その個人は「腕時計の時間」によって自己を管理する。それは、「腕時計の時間」を人が利用する主体になるということでもある。

貨幣としての時間

いま、「時間を利用する」というような言い方をしたが、われわれにとって時間は貨幣のようなものとして捉えられている。たとえば、「時間を浪費する」とか、「時間を消費する」とか、「時間を節約する」とか、そんな言い方をする。しかし、実際には時間は目に見えない。目に見えないのに浪費したり節約したりできると捉えるのは、考えてみるとおかしなことだ。それは、僕たちが時間を「貨幣」のような「量」として捉えている証なのである。

モノには使用価値があるが、貨幣には交換価値しかない。交換価値は魔力を発揮する。たとえば、さまざまなモノの使用価値が貨幣という交換価値を代表する物質（あるいはただの数字）によって計量可能になる。そこで、僕たちは貨幣によって世界中のさまざまなモノとの交換可能性を手にすることができる。もちろん、なかには売ってくれないモノもあるし、貨幣で交換できないモノもある。しかし、可能性としては手にすることができる。「愛情はお金で買える」という言い方も、ある程度の真実を含んでいるだろう。これと同じような事情が時間についても起きるのである。

近代人である僕たちは、時間の奴隷になっている。自分たちの生から遠ざけられてしまうのである。マルクス主義的に言えば、「生からの疎外」とでもなるだろうか。しかし、その段階を踏まえることによって、個人的に「腕時計の時間」を手に入れると、その個人化された「腕時計の時間」を貨幣のように利用することが可能になる。「私はこの時間にこうしたい」ということが、「腕時計の時間」によって実現する。今度は人間が時間の主人公になるのである。人間が「時間の主体」になるわけだ。

王だけが時間を支配していた時代に比べれば、腕時計がある時代のほうが時間が個別化する。そして、「世界」を時間によって計量化することができるようになるのである。もちろん、自分の労働も時間によって計量化され、貨幣に換算される。だから、労働は交換可能なモノであるかのようにも捉えられる。貨幣によってモノを計量化したように、である。そのとき、僕たちは時間の奴隷であり、同時に主人でもある。別の言い方をすれば、僕たちは時間によって疎外されており、同時に時間を疎外している。これが、真木悠介が言いたかったことだろう。

だから、時計塔では僕たちは時間の主人にはなれない。簡単な話である。時計塔だと見える場所が限られてしまうからだ。僕たちは、腕時計ならばいつでもどこでも時間の奴隷にもなるし、時間の主人にもなれる。

そして、もう一つ大切なことがある。それは、時間が個人化しても、その「腕時計の時間」は他者の時間と共通してもいるということだ。当たり前だろう。腕時計という形で時間が個別化するが、その時間は社会に接続しているのである。

まとめると、こうなる。人々は時間を手に入れることによって自然から自立することができた。そして、腕時計を手に入れることによって、個人として社会からも自立することができた。しかし、「腕時計の時間」は社会の時間と共通している以上、僕たちの時間は社会と接続もしている。こう考えると、「世界の終り」の時間は自然から強い影響を受けていて、社会から個人が自立した世界とはなっていない。一方、「ハードボイルド・ワンダーランド」の時間は個別化しながら、同時に社会に接続したものだと言うことができるだろう。

「私」とは時計である

村上春樹の小説には数字が頻出する。この『世界の終りとハードボイルド・ワンダーランド』も例外ではない。『世界の終りとハードボイルド・ワンダーランド』では数字的な正確さは特に時刻に関して現れる。しかも、ある特定の場面に集中的に現れる。たとえば、私が自宅のアパートに帰ってきてシャフリングをして、それが終わった場面だ。

いつものように、私の意識は視野の隅《すみ》の方から順番に戻《もど》ってきた。まず最初に視野の右端にあるバスルームのドアと、左端にあるライト・スタンドが私の意識を捉《とら》え、やがてそれがだんだん内側へと移行して、まるで湖に氷が張るときのようにまん中で合流した。視野のちょうどまん中には目覚し時計があって、その時計の針は十一時二十六分を指していた。その目覚し時計を、私は誰《だれ》かの結婚式の記念品でもらったのだ。目覚しのブザーを止めるためには時計の左わきについている赤いボタンと右わきについている黒いボタンを同時に押さなくてはならない。そうしないとブザーは鳴りやまないのだ。（上、二〇八ページ、傍点石原）

ここでの特徴は、時計という時刻を刻む機械と、右側、左側という方向が組み合わされて記述されていることである。そしてこの後、時刻が小刻みに書かれていく。電話の自動応答装置を切って元に戻したのが十一時五十七分。それから、最初に電話が鳴ったのが四時十八分。二度目に鳴ったのが四時四十六分という具合に、次々と時刻が書き込まれていく。

この場面での「私」は、あたかも物事が起こる、あるいは何かをする、そのことの意味を自ら時刻によって計ろうとし、意味づけしようとしているようにさえ見える。そのほかの意味などないとでも言うかのように。それほど、時刻が刻み込まれている。

次々に僕たちの身の上に起こる出来事をどのように意味づけるのかということに、その人のアイデンティティの特徴が表れると考えれば、このときの「私」は時刻によって意味づけられる存在としてある。あるいは時刻によって自分を意味づけようとしている。これは極端なまでの時間の個人化、あるいは時間の内面化である。

何かを行なったことの意味は、時刻さえ記せば誰かに伝わるかのように、あるいは時刻さえ記せば自分でそのことの意味が納得できるかのように、「私」は時刻を意識しつづけている。

右脳と左脳の比喩

先ほどの場面を、左右に関する記述に注目してもう一度見直してみよう。

視野の「右端」の「バスルーム」と「左端」の「ライト・スタンド」が「まん中で合流」するような「意識」の「戻」り方は、「与えられた数値を右側の脳に入れ、まったくべつの記号に転換してから左側の脳に移し、左側の脳に移したものを最初とはまったく違った数字としてとりだし、それをタイプ用紙にうちつけていく」（上、五十九ページ）という「洗い《ブレイン・》だし《ウォッシュ》」の手法とアナロジーをなしている。

ちなみに、アナロジーは大元は違うけれども現実の形が似ていることを言い、ホモロジーは大元は一緒だけれども現実の形が違ってきているものを言う。ここはアナロジーである。これは、「私」の脳のつくりに関する問題であるようだ。

ただ、先に引用した二〇八ページの場面で行なわれているのは、「洗いだし《ブレイン・ウォッシュ》」ではなく、「シャフリング」のほうである。「シャフリング」は与えられた数値を「世界の終り」という名の「私」に固有の「ドラマ」に変換する作業なのだが、「私」にこの「シャフリング」という作業が可能となる能力は、「洗いだし《ブレイン・ウォッシュ》」とアナロジーをなしている「右脳」と「左脳」の使い分けによって与えられている。つまり、「私」は脳の使い方に明らかな特徴があるのだ。

事実、「私」に「シャフリング」の仕事を依頼した博士は、「私」には特別の能力が備わっていると言う。博士によれば、「ふたつの思考システムを切りかえて使用するということが脳にとってはもともと不可能」だと言う。ところが、「私」だけは「もともと複数の思考システムを使いわけておった」。つまり、「無意識に、自分でもわからんうちに、自己のアイデンティティーをふたとおり使いわけておったんです。先刻の私の比喩《ひゆ》を使うならズボンの右、ポケットの時計と左ポケットの時計をです」(下、九十九ページ、傍点石原)と博士は言っている。これが博士が説明する「私」が「シャフリング」が可能である特殊技能を持つ理由だ。

博士が言う「先刻の私の比喩《ひゆ》」というのは、生きたままの状態で、ある瞬間に人間の体験を止めることを、「ズボンの右のポケットにとまった時計を入れ、左ポケットに動く時計を入れておるのと同じこと」とたとえたことを指している。

ここですぐに思い出すのは小説の冒頭近く、エレベーターの場面だろう。

> とにかく私はいつもズボンのポケットにかなりの量の小銭をためておくように心懸けている。右側のポケットに百円玉と五百円玉を入れ、左側に五十円玉と十円玉を入れる。一円玉と五円玉はヒップ・ポケットに入れるが原則として計算には使わない。両手を左右のポケットにつっこみ、右手で百円玉と五百円玉の金額を数え、それと並行して左手で五十円玉と十円玉の金額を数えるのだ。(上、十四ページ)

「私」は「両手を左右のポケットにつっこみ、右手で百円玉と五百円玉の金額を数え、それと並行して左手で五十円玉と十円玉の金額を数える」と言うが、これは実際にやってみると、簡単にできることではないことがわかる。

これは、「私」は「右脳と左脳を使い分けている」ことの象徴だと読むことができる。「事実」の問題ではない。つまり、右脳と左脳を使い分けることと、右手と左手でコインを別々に数えられるという能力が同じだという「事実」があると言うのではない。そうではなく、右脳と左脳を使い分ける能力を持ったこの「私」という人物が、右手と左手でコインを別々に数えることができるということが、文学表現として等価だと言っているのである。文学表現上のアナロジーの問題なのである。

先の引用（二〇八ページ）に戻れば、「右」と「左」が合流する地点が時計であり、その時計にはさらにまた「右」と「左」にボタンがついていて、それを「同時」に押さなければブザーが鳴りやまない仕掛けになっていた。この時計自体が「両手を左右のポケットにつっこみ、右手で百円玉と五百円玉の金額を数え、それと並行して左手で五十円玉と十円玉の金額を数える」能力を持つ「私」のアイデンティティのあり方を表象していることは疑う余地がないだろう。比喩的に言えば、「私」のアイデンティティは時間である。もっと言えば、「私」のアイデンティティは時計である。つまり、「私」のアイデンティティは時計という形にモノ化されているのである。

では、『世界の終りとハードボイルド・ワンダーランド』においてアイデンティティとはどういう意味を持つのだろうか。次に考えなければならないのは、そのことだ。

2　時計塔が地図になる物語

アイデンティティの二つの側面

アイデンティティについてはこの本では何度か触れているが、『世界の終りとハードボイルド・ワンダーランド』の勘所の一つなので、再度詳しく書いておこう。

アイデンティティは二つの側面から成り立っている。

一つは自己の空間的側面で、「他者や社会から自分が自分であるということが承認されているということを自分自身で信じられている状態」である。他者から「承認」されていることを自分が「信じ」ているのだから、二重に「信頼」がなければならないという意味で、メタ・レベルの自己を前提としていることになる。

アイデンティティの安定にとっては、社会で自分が「承認」されているだけでは十分ではない。それが自己の問題になるためには、他者から「承認」されていることを自分がわかっていなければならない。そうでなければ、他者の「承認」が自分に跳ね返ってこないからだ。こうして自己の問題となって、はじめてアイデンティティが安定する。もちろん、他者からの「承認」とそれを「信じる」関係がいびつだったり、どちらかが欠けていると、アイデンティティが不安定になることがある。しかし、それは他者との関係が自己の問題となった証なのである。

この点に関して、哲学者の鷲田清一《わしだきよかず》が興味深いことを言っている。

生徒のいない教師はいない。患者のいない医師や看護婦はいない。教師としての、あるいは医師、看護婦としての同一性は、たとえそれが一方的な関係であっても、やはり相互補完的なものである。その意味で、いかなる人間関係であれ、そこには他者による自己の、自己による他者の「定義づけ」が含まれている。（『「聴く」ことの力――臨床哲学試論』TBSブリタニカ、一九九九・七）

僕たちは抽象的な生活をしてはいない。それぞれ具体的な場面で、具体的な他者に向かい合って生きている。鷲田清一は、人間関係が人間関係である以上は、〈生徒と教師〉という具合に、具体的な形でお互いが「定義づけ」をし合っていると言っているのだ。このときにこそ、他者との関係が自己の問題となる。

しかし、鷲田清一の言う観点から見ると、「ハードボイルド・ワンダーランド」の「私」には具体的な他者がいないように思える。それは彼が「極端に自分の殻を守ろうとする性向」を持つからである。そういう「私」に唯一開かれているのが、「時計」との関係なのである。「私」は時計との関係によって自己を「定義づけ」ているのだ。これが前の節で言いたかったことだ。

アイデンティティのもう一つのポイントは自己の時間的な側面で、「過去の自分と現在の自分とが同一の自分であるということを自分が確信していること」である。これは、先ほどのアイデンティティの第一の側面が「現在」に関わっているのと比べて、より多く「過去」の問題である。したがって、こちらのほうが難しい問題を孕んでいるかもしれない。なぜなら、「過去の自分」は、誰にとっても大なり小なり「幻想」を含んでいるものだからだ。「記憶の修正」が行なわれている場合もあるし、そもそもありもしない「記憶」を捏造《ねつぞう》しているかもしれない。そういうことのまったく行なわれていないピュアな「過去の自分」などあり得ないだろう。そもそも、生まれたときから現在まで自分が自分だという確信が持てる人などいるはずがない。だから、時間的なアイデンティティは常に曖昧さを包含している。

三島由紀夫の『仮面の告白』の主人公は、産湯につかったときの金だらいの縁を見た記憶があると言い張るが、これは小説の中の話である。だから主人公の性癖を説明するための意味を持つ。しかし、僕たち凡人の場合は、生まれたときの自分の写真を見せられて、「これがお前だ」と言われるような経験の積み重ねがあって、ようやく「産まれたときから自分は自分だ」、「過去の自分といまの自分は同じ一人の自分なんだ」と信じられるのがふつうだろう。

自分＝時計

この二つの側面がバラバラであってはアイデンティティを保つことはできないので、この二つの側面を「自己」という形で統合し、もう一つ上のレベルのアイデンティティを形成する必要がある。

ところが先に指摘したように、「ハードボイルド・ワンダーランド」の「私」は、博士に言わせると「極端に自分の殻を守ろうとする性向」がある。そうだとすると、「私」のアイデンティティは社会的な（空間的な）関係性のレベルにおいては閉ざされていることになる。

彼のアイデンティティは時間的な側面のみによって成り立っている。この極端にバランスの悪い不安定なアイデンティティのあり方が、「私」の「能力」となっている。

「私」は、自分の時間を主観的な時間ではなく、時計によって刻まれた時刻という物理的な時間に委ねていた。しかし、前の節でも指摘したように、内面化された時間は社会が時間を共有することによって、社会に開かれてもいるのである。もっとも、「私」に開かれているのは、春夏秋冬のような季節を感じる自然の流れの時間であるとか、あるいは入学式や入社式のような式典やお祭りなどによって区切られた儀礼的な時間のような意味での社会的な時間のことではない。「私」のアイデンティティは物理的な時間によってのみ社会や他者に開かれている。

時間が個人化することによって人間は社会から相対的に自立することも、前の節で指摘した。それが極端な形を取れば、「私」のような形になるのである。つまり、〈自分＝時計〉という形になってしまうのだ。したがって、そういう「私」に「時限爆弾」が仕掛けられて、十月三日の正午で時間が区切られてしまうのは、決して偶然なことではない。物語上のなりゆきからそうなっているのではなくて、これは「私」のアイデンティティのあり方からして、ほとんど必然だったのである。〈「私」＝時計〉が〈「私」＝時限爆弾〉に変換されただけなのである。

彼がシャフリングの処置を受けた二十六人の「計算士」の中で、ただ一人死ななかった理由もおそらくここにあるだろう。なぜなら、彼は「人間」ではなく「時計」だからだ。「シャフリング」のための処置を施されても、それは機械の具合をいじった程度のことだったのである。生身の人間に、何か特別な処置を施したことにはならないのである。

さらに言えば、こういうことになる。

博士の説明によると、そもそも「シャフリング」とはアイデンティティの不確かさと個別性を根拠としている。さらに博士によれば、原理的には「解読できない暗号はない」が、誰にも（本人にも）十分にわかっていないような「深層心理」という「ブラックボックス」をコードとする暗号ならば、決して「解読」されないことになるはずだろう。「深層心理」というのはその当人にもわからないようなアイデンティティの源と考えられているからである。つまり、「深層心理」とはその人の個別性の根源だということになる。しかも、「私」のアイデンティティはバランスを欠いた不安定なものだった。そのような「私」の「深層心理」がコードだとしたら、その暗号が「解読」できるはずはないだろう。「私」は「計算士」として最適任の人間だったのである。

しかし、博士はこう言っている。人間が生きていく以上、「深層心理」は「表層的行為のレベルにおける偶然性」と「新たなる体験の増加に伴うブラックボックスの変化」にさらされることになる、と。どういうことかというと、「深層心理」は人間の奥底に沈んでいて、意識化できないはずのものだが、それはわれわれの表層レベルの経験と、それから、新たな体験によって変化していくものである。つまり、「深層心理」は固まって動かないものではなくて、人間の体験によって変化していくものなのだと、博士は言っているわけだ。「深層心理」とは決して手の触れることのできないものではなく、人間の体験と相互的な関係性を持っていると、博士は言っていることになる。

これは、自我の構造について考えることで、さらに説明できるだろう。

「特別な私」の存在

自我の構造については、社会学の考え方を使うとよりよく説明することができるように思われる。

人間の自我は、社会と対話を続けている。社会性を持っているわけだ。そして、そもそも人間の個別性とは、社会の中で比べられること（これは社会的な対話の一形態である）によって成り立っている。

たとえば、大リーガーのイチローの個別性はヒットの多さに現れている。年間二百本以上のヒットを打つ。しかも、そのうちの三十本から四十本が内野安打だ。これがイチローの個別性として大リーグの中で認知されているのである。たしかにイチローがそういう個性を持っていることはまちがいない。しかし、それが「イチローの個性」と認識されるのはなぜだろうか。

それは、大リーグではバリー・ボンズのようにホームランを量産することがベース・ボールの醍醐味だと思われていたから、そういう選手と比べることによって、シングル・ヒットを量産することが「イチローの個性」として認知されたのである。

だから、ある人が個別性を持っているとか、個性的とかということは、他の誰かと比べない限り言えないのである。もっと深いレベルで言えば、ある個人が「個人」として認知されるためには、必ず社会性の中に開かれていなければならないということだ。たとえば、この「私」という人間は「極端に自己の殻を守ろうとする性向がある」と言われている。つまり、社会性がないと言われている。しかし、その「私」の「社会性がない」という個別性もまた他者との比較という社会性の中で認知されているということになる。

対話をするIとMe

自我の社会性の話を続けよう。博士は、人間の「深層心理」は社会の体験にさらされて、その影響を受けて変化するという意味のことを言っている。そのことを、自我をIとMeという二つの側面で捉える社会学の考え方によって説明してみよう（G・H・ミード、稲葉三千男ほか訳『精神・自我・社会』青木書店、一九七三・一二）。

社会学では、自我をIとMeという二つの側面に分けて考える。Iは「主体としての自己」、Meは「客体としての自己」である。この二つの自我が、自我の内部で対話を続けている。

たとえば、自意識は「自分自身についての意識」と「他者に眼差される意識」との二つの局面を持っている。僕たちが、自分はいま「自意識過剰」になっていると思うときには、「自分で自分を意識する」側面と、「他人に見られてしまっていることを意識する」側面の二通りの過剰な意識があるだろう。壇上で「頭の中が真っ白になる状態」は、「人に見られて上がってしまっている自分を見ているもう一人の自分」さえ機能しなくなった状態にちがいない。

Iは、この「自分を見ているもう一人の自分」だと言える。Meは、「他者に見られている自分」でもあり、「もう一人の自分に見られている自分」でもある。厳密に考えれば、「①自分を見ている②もう一人の自分」においては、「①自分」（Me）は「②もう一人の自分」（I）に対して過去の自分だとすれば、Iは現在に現象していると言える。それに対して、MeはIに対して過去に位置していると言える。

自意識、すなわち「自分自身についての意識」は、IとMeが直接対話をしてしまうことである。それを少しでも客体化しようとして、僕たちは日記をつけたり、ブログを書いたりする。日記は基本的に人には見せないものだから、自分との対話である。書く自分と書かれる自分がある。その二人の自分の対話によって、自我を安定させる効用がある。だから、日記を書くことは内省的な行為である。それに対してブログは世界に公開されているから根本的なところで日記とは異なるが、それをきちんと意識していないで他人に言及する知性の足りない人が少なくない。困ったものだ。

これが自分の中での対話だとすれば、自我の構造にはもう一つの対話が組み込まれている。それは言うまでもなく、他者との対話だ。他者の眼差しを受け止めるのはMeのほうである。Meが他者の視線を受け止めて、それをIに送り込む。IはMeからの情報によって「自分はいまこう見られてる」ということを意識する。Iはその情報を再びMeに送り込む。そこで、その情報を手にしたMeが他者に眼差されている自分をIによって調整するという絶え間のない対話関係がIとMeとの間で行なわれている。

繰り返すが、自意識は「自分自身についての意識」と「他者に眼差される意識」との二つの極を持つが、前者はIとMeとの直接の対話であり、後者は他者の眼差しを受け止めたMeとIとの対話なのである。自我は、絶えざる対話関係の中での自己の問い直しの果てに、ようやく個別性を獲得できるのだ。

こういう形でIとMeは対話をしていて、Meによって社会とつながっている。Iは「自分を意識するもう一人の自分」なので、これは他人に見せない深いところで働いている自分だが、そういう自分もMeと対話を交わすことによって社会の影響を受けていると言える。その結果、Iも変わっていく。そうでなければ、人は社会や他者から何も学ぶことができないだろう。これが自我の構造である。博士が言う「深層心理」も社会の影響を受けているということは、こういう自我の構造によっている。

自我を固定すること

博士はこう考えている。「ある瞬間に人間にその時点におけるブラックボックスを固定」

することで、暗号を「解読」するコードを未知のまま固定できると。こういう発想自体が、これまで述べたような自我の構造によっていることは言うまでもないだろう。

ここで不思議なのは、「精神的なアイデンティティーが確立しておらん」者や、「自らに対する統御が足りない」者、つまり「アイデンティティーそのものは十分にある」けれど、「それに対する秩序づけがなされていない」者には「シャフリング」ができないという「事実」であり、それにもかかわらず「極端に自分の殻を守ろうとする性向」を持っている「私」には「シャフリング」が可能だったという「事実」なのである。これは一体どういうことを意味するのだろうか。

アイデンティティが関係の中で確立されるものであるということはここまで縷々《るる》説明してきた。IとMeのIでさえ社会の影響を受けているということも説明した。だから、「精神的なアイデンティティーが確立しておらん」者や、「自らに対する統御が足りない」者には「シャフリング」が不可能だということは容易に理解できるだろう。これら二者は、IとMeとの間でキッチリと対話ができておらず、社会的なアイデンティティが確立されていないからである。

たとえを挙げよう。僕は文章を書くときでも「石原千秋」の文章はいつも「石原千秋」の文章であるように見せようと工夫する。つまり、現在の「石原千秋」がかつての「石原千秋」の文章を模倣するのである。そういう形で過去の自分と現在の自分とが対話し、両者に折り合いをつけて「石原千秋」の統一性が図られるのだ。もちろん意図的にそれを乱そうとすることもある。そのときにはメタ・レベルに立って、「石原千秋」は自在に文章を操る人間だという像を読者に与えようと思っているわけだ。「「自在に文章を操れる石原千秋像」を作ろうと演じる石原千秋」がいるのである。たとえば、こういう形で自分自身を「操作する」ことがアイデンティティを統御する、秩序づけることにほかならない。「シャフリング」がアイデンティティに依存している以上、これができていないような社会性のない人間に「シャフリング」ができるわけがないのである。

そこで、社会との関係を拒否しているかのような「私」になぜ「シャフリング」が可能だったのかという疑問が生まれる。一つの解答は、「私」のアイデンティティが時計によって社会に接続し、秩序づけられているからだというものだ。これは「ハードボイルド・ワンダーランド」の中で処理できる答えである。

しかし、この小説には「世界の終り」というもう一つの物語がある。もう一つの答えを、博士が映像化した「私」の「ブラックボックス」、すなわち「世界の終り」の中に見てみたいと思う。

時を刻まない時計塔

「ハードボイルド・ワンダーランド」が〈人工〉の世界で、「世界の終り」が〈自然〉の世界かというと、ことはそれほど単純ではない。「世界の終り」では「僕」は「名前」を奪われ、そこでの役割によって「夢読み」と名づけられて、日の光を見る自由を奪われているからである。つまり、「僕」からは日の光という〈自然〉が奪われているのである。だから、「世界の終り」が〈自然〉とは簡単には言えないのだ。では、「ハードボイルド・ワンダーランド」と「世界の終り」という二つの世界がなぜ対照的に見えてしまうのか。それは「ハードボイルド・ワンダーランド」の「私」が意味づける存在（主体としてのI）であるのに対して、「世界の終り」の「僕」が意味づけられる存在（客体としてのMe）だからにちがいない。

「ハードボイルド・ワンダーランド」の冒頭近く、「私」がビルの地下へ下りていく場面がある。「川の深さや水の色まではわからなかった」。問題はその次だ。「私にわかったのはここが左から右へと流れていることだけだった」（上、四十三ページ）。僕が奇妙に思ったのは水だ。水が左から右へ流れているという「私」の判断は、はっきりと自分を中心にしている。

どういうことかと言うと、左右の区別は自分が向きを変えてしまえば入れ替わってしまうので、その時々の自分の向きが左右を決めているにすぎない。左右の区別は自己中心的な方向の指示の仕方なのである。ふつうは川の流れを表現するときには上流と下流と言うだろう。それを、「左から右」と感じてしまった「私」の感じ方に、僕はこだわってしまったのだ。これは自分の位置を中心として、自分が世界を意味づけるという姿勢の表れだと理解したのである。

それに対して、「私」は冒頭部分でエレベーターが「上昇」しているのか「下降」しているのかよくわからないと言う。左右の区別はわかるけれども、上下の区別はわからないのだ。左右の区別に対して、上下の区別は自分を中心化しなくてもできる。たとえ逆立ちをしても上下は変わらない。変わったのは自分のほうの上下でしかないのだから。「私」にはその上下の判断ができないのだ。ここに「私」の世界との関わりの大きな特徴がある。繰り返すが、「私」は自分を中心に世界を位置づける存在であって、上下のように世界が方向を決めるような場面に遭遇すると、「私」にはわからなくなってしまうということだ。

ところが、「世界の終り」の「僕」のほうは違っている。「世界の終り」では第4章の冒頭で「街の中心をなすのは」（上、六十五ページ）というふうにあっさりと書かれてしまう。「街の中心」は、「僕」の位置や判断には関わらない。「僕」がどこにいようと、どこを向いていようと、「街の中心」はいつも「街の中心」だからだ。「世界の終り」と「ハードボイルド・ワンダーランド」の二つの物語の違いはこういうところにはっきり表れている。

しかも、「世界の終り」の「街の中心」にあるのは時を刻まない時計塔だった。前にも引用したところを、その少し先まで再度引用しよう。

北の広場の中央には大きな時計塔が、まるで空を突きさすような格好で屹立《きつりつ》していた。もっとも正確には時計塔というよりは、時計塔という体裁を残したオブジェとでも表現するべきかもしれない。何故《なぜ》なら時計の針は一カ所に停《と》まったきりで、それは時計塔本来の役割を完全に放棄していたからだ。

塔は四角形の石造りで、それぞれが東西南北の方位を示し、上の方に行くほど細くなっている。（上、六十五〜六十六ページ）

最後の二行に注目したい。この「世界の終り」の時計塔は時間を指し示すのではなく、「東西南北の方位」を示す時計塔なのである。ここに、『羊をめぐる冒険』以来底流を流れていた、この小説の重要なテーマが表れている。それは、『世界の終りとハードボイルド・ワンダーランド』においては時間と空間に互換性があるということだ。それがまさにこの時計塔によって文学的に象徴されているのである。

方向感覚をまるで失うこと

「世界の終り」にははっきりと方位が刻印されている。これをどう考えればいいのだろうか。哲学者の中村雄二郎は、人は左右の方向という身体感覚によって方位や方角を内面化しているが、それも「宇宙的な東西南北によって捉えかえされてそのなかに位置づけられなければ、十分なものとはなり得ない」として、バリ島の人々に起こる「パリン」という現象を紹介している（山口昌男との共著『知の旅への誘い』岩波新書、一九八一・四）。バリ島研究がニュー・アカデミズムの中で流行った時期の話である。

中村雄二郎によれば、「パリン」という言葉は「どちらが北だかわからなくなる」ことを意味するが、実際には「方向感覚をまるで失うこと」を指すと言う。それを一語で「パリン」というくらいだから、決して珍しい現象ではないのだろう。この「パリン」という状態になると、方向感覚がまったくなくなるので日常生活さえままならなくなるそうだが、あるとき「パリン」に陥った少年にバリ島の方位の中心となる山を見せたところ、たちどころに治ってしまったのだと言う。日本で言えば富士山のようにバリ島の象徴になるような山があって、バリ島に住む人はその山を見て、あの山があっちに見えるからいま自分はここにいるというふうに判断して生活しているのだろう。それで「パリン」が治ったのだろう。

繰り返すが、時間がアイデンティティの自己による自己の承認という側面と深く関わっているとすれば、空間はアイデンティティの他者による自己の承認と深く関わっている。そして、後者は、空間の中での自己の位置確認の作業とアナロジーをなしている。バリ島のように閉ざされた世界では、東西南北の確認は宇宙と自分とをつなぐ行為でもある。バリ島は海に囲まれて閉ざされているので、島自体が一つの宇宙を形成しているし、さらに東西南北の感覚は実際の宇宙と自分とをつなぐ身体感覚でもあった。

「世界の終り」も壁に囲まれた「世界」＝「宇宙」だった。そういう空間において、皮肉なことに「世界の終り」ではその根源的な役割、つまりバリ島で東西南北を示すような根源的な役割を時計塔が担っているのである。「世界の終り」の時計塔は、バリ島において方位の中心となる山のような役割を果たしていると言っていい。これが時間と空間に互換性があるということだ。

「世界の終り」では、そういうふうに時計塔によって東西南北がはっきりと刻印されている。それは「ハードボイルド・ワンダーランド」と対照的だ。「ハードボイルド・ワンダーランド」のほうは、「私」はしばしば方向感覚がなくなり、方向がわからなくなる。あるいは、自分がどこにいるのかを地上の地名でしか確認できない。二つの世界では、場所に対する感覚が異なっているのである。「ハードボイルド・ワンダーランド」の「私」が、「時計の時間」のような無機質な時間によってアイデンティティを「秩序」づけているとすれば、「世界の終り」の「僕」は東西南北という宇宙的なトポロジーによって自分を位置づけている。そこがまさに対照的なのである。

「僕」を意味づけること

「世界の終り」の「僕」は意味づけられる存在だと言った。それを象徴するような不思議な一節がある。『世界の終りとハードボイルド・ワンダーランド』は一人称が「僕」や「私」のように異なってはいても、全体が一人称小説であることには変わりがない。ところが、「世界の終り」の第30章にこんな奇妙な記述があるのだ。

しかし老人たちは雪のことなど気にもとめない様子で穴を掘りつづけていた。彼らはまるで雪が降りだすことなどはじめから承知していたといわんばかりの様子だった。誰《だれ》も空を見上げず、誰も手を休めず、誰も口をきかなかった。木の枝にかかった上着さえ、そのままの位置で激しい風に吹かれていた。（下、一八四ページ）

実は、この記述自体には内容的にも叙述法の上でも何の問題もない。しかし、この記述の後にこういう文章があるのだ。

僕は唄《うた》を探すことをあきらめて手風琴をテーブルの上に放《ほう》りだし、窓のそばに行って老人たちの作業をしばらく眺めた。（下、一八五ページ）

おかしい。それでは、先の引用文中で老人たちを見ていたのは誰なのだろうか。この文章から、「僕」でないことは明らかだ。「僕」はそのとき部屋の中で手風琴を手にしていて、その後に窓のところに行って老人たちを眺めたのだから。そういう時系列になっている。したがって、この老人たちを眺めたのは誰でもないことになる。これを村上春樹のミスだと考えるのは簡単なことだ。そういう考え方があることを否定はしない。しかし、それは小説を読む上でまったく生産性がないことも、また紛れもない事実なのだ。できるかぎり合理的に説明しようと努力すべきだろう。作者の責任にするのは最後の最後にしたほうがいい。

では、ここの場合はどのように意味づけたらいいのだろうか。僕はこう考える。「世界の終り」のほうには一人称の「僕」を超えた何かが存在し、その何かが「僕」を意味づけているのだと。そういう「意味づけられる「僕」」の一つの表れとしてこの場面を捉えたいということなのである。

たとえば、「世界の終り」には「この街」という言い方が頻出する。これ自体も何の不思議もない。しかし、「この街」という言い方は常に「あの街」を僕たちに想起させる。「この街」というふうに「この」と限定できるのは、「あの街」を知っているからにほかならない。あるいは、「あの街」という言葉の使い方を知っているから、「この街」という言葉を正しく使える。原理的にそうなる。それが言葉の正しい理解の仕方だろう。つまり、「この街」は「あの街」という、ここには存在しない「街」によって意味づけられているということだ。「僕」が「僕」を超えた存在によって意味づけられているように、「この街」も「この街」の中に存在しない「あの街」によって「この街」として意味づけられているのである。

開かれた地図、開かれた小説

若林幹夫は『地図の想像力』（講談社選書メチエ、一九九五・六）の中で、目の見えない人の場合は、「私たちが道を教えるときによく使う「右」や「左」といった局所的空間における方向によってではなく、「東西南北」という全域的空間における方位を枠組として、得られた情報を統合してゆく」と言っている。僕たちが道を教えるときにはこの先を右に曲がってとか、左に曲がってと教えることが多い。そういう教え方は目の見えない人にとっては不便なのである。目の見えない人には「東西南北」で場所を教えるほうがずっと親切らしい。おそらく目の見えない人は時間と、日が差している方向とを判断して、たとえば「いまは正午で、こちらから顔に日が当たっていて暖かいから、こちらが南で……」という風に「東西南北」を把握するのだろう。

こういう事例から、若林幹夫は「地図を描き、それを通じて世界を見るという営みは、人間がけっして見晴らすことのできない世界の全域的なあり方を可視化する一つの方法、世界の空間的なあり方に関してそれを可視化し、了解し、その中に自己と他者を位置づけようとする営みなのである」と述べている。たしかに僕たちは、自分の位置する空間の全域を実際に見ることはできない。しかし、東西南北という方位によってそれを想像することはできる。当然のことながら、宇宙に東西南北の印がついているわけではないが、僕たちは宇宙に東西南北という印をつけて、宇宙を自己の中に位置づけようとしているのだと言える。

『世界の終りとハードボイルド・ワンダーランド』には「世界の終り」の地図が添えられている。これは地図の小説なのである。「世界の終り」の地図は、「壁」によって有限な世界として区切られていたはずだ。しかし、この地図には「東の森」という「辺境」が書き込まれていた。「辺境」とはまちがいなく内部と外部が出会う場所のことである。あるいは内部の端だ。自分がいる場所が内部だとすれば、その内部の端を僕たちは「辺境」と呼ぶ。そして辺境とは、実は外部が内包されているということにほかならない。この地図は、「辺境」と方位とを書き込むことによってまさに宇宙に開かれているのである。

「世界の終り」では「影」の依頼で、「僕」が地図を描くことになる。それは、「世界の終り」の「僕」が自分を宇宙に向かって開いていく行為だったと言うことができるだろう。「世界の終り」は、この地図一枚によってまさに宇宙に開かれていたのである。地図の中に「僕」は自分の位置を意識するが、その地図が「辺境」と方位を書き込むことによって宇宙に開かれているとすれば、その地図の中の「僕」もまた地図を通して宇宙に開かれているということである。

ここから導き出されることが二つある。

一つは、先ほど立てた問いへの答えである。その問いとは、「なぜ時間的なアイデンティティに支配された「私」に「シャフリング」が可能なのか」ということだった。それは「私」の「ブラックボックス」の映像である「世界の終り」が実は宇宙に開かれているからなのである。つまり「ハードボイルド・ワンダーランド」の「私」は自我の殻に閉じこもるような人間だったけれども、その頭の中の映像である「世界の終り」は宇宙に開かれているということである。実は「ハードボイルド・ワンダーランド」の「私」は、「世界の終り」を通じて宇宙に開かれていたのである。

もう一つは、村上春樹の小説は自閉的だと言われることがあるが、必ずしもそうではないのではないかということである。村上春樹の小説は、たとえば地図をテーマにすることによって宇宙に開かれている小説でもある。そのことを、最後に確認しておこう。

第五章　『ノルウェイの森』

1　直子を「正しい宛先」に届ける物語

一〇〇パーセントの恋愛小説！

単行本の『ノルウェイの森』の帯には、「一〇〇パーセントの恋愛小説！」と書かれていた。村上春樹自身が考えたコピーだと言う。最近それに近い帯を見た。江國香織『がらくた』（新潮社、二〇〇七・五）である。そこには「完璧な恋愛小説」と書いてあった。『ノルウェイの森』の帯を本歌取りしたのだろう。興味深いのは、どちらの小説に書かれた「恋愛」も、常識的な恋愛観からは少し歪んだものに見えることである。それをあえて「恋愛」と呼ぼうというどこかねじれた志向が、この二つの帯のフレイズにはある。

しかし、『ノルウェイの森』は必ずしも「一〇〇パーセントの恋愛小説」とは受け取られなかったようだ。その批判のポイントは『ノルウェイの森』に出てくる「恋人たち」（仮にそう呼んでおこう）は心を通わせていないというものだ。心を通わせていない人間の関係を「恋愛」と呼べるのかという疑問が出されたのである。この批判はわからないではない。と言うよりも、ある意味では『ノルウェイの森』に書かれた「恋愛」の形を忠実になぞったものかもしれない。たとえば、『ノルウェイの森』にはこう書かれている。

> そう考えると僕はたまらなく哀しい。何故なら直子は僕のことを愛してさえいなかったからだ。（上、二十三ページ）

「直子は僕のことを愛してさえいなかったからだ」とはっきり書かれている。したがって、この「恋人たち」が愛し合っていないことは、この小説を理解する前提でなければならないだろう。ワタナベトオルとレイコとの関係も同様である。永沢とハツミの関係もそうかもしれない。

心を通わせていない「恋人たち」の関係が「恋愛」であるはずがないという批判は理解できないわけではない。しかし、仮にこの「恋人たち」の関係が「恋愛」でないとしても、それを書いた小説が「恋愛小説」でないとは言えないだろう。もしそれが言えてしまうのなら、片思いを書いた小説はすべて「恋愛小説」ではないことになってしまう。

登場人物の関係が「恋愛」に見えないことと、それを書いた小説が「恋愛小説」でないこととは同じではない。つまり、『ノルウェイの森』は「恋愛小説」ではないという批判があるとすれば、それは登場人物のレベルと小説のレベルを混同しているのではないかということだ。

さらに言えば、登場人物のレベルに限定しても、「恋愛」ではないという批判には疑問がある。傍《はた》からはどれほど歪んで見えていても、当人が「恋愛」だと感じていればそれは「恋愛」と呼ぶしかないだろう。「恋愛」の形は一つではない。さまざまな形がある。心を通わせていない恋愛が「恋愛」と呼ばれてもかまわないはずだし、思い切って不幸な関係が「恋愛」と呼ばれてもかまわないだろう。

『ノルウェイの森』はまさにそういう小説だ。思い切って不幸な人間の関係を「恋愛」と呼ぼうとした小説ではないだろうか。だから、帯には「一〇〇パーセントの恋愛小説！」というキャッチ・コピーを考えたのだろう。

「恋愛」にまともなまともでない恋愛を想定するのは、異性愛以外のレズビアンやホモセクシャルを差別する硬直した恋愛観と同じくらい差別的な恋愛観ではないだろうか。『ノルウェイの森』を読んで、もし「これは恋愛ではない」と感じるとしたら、気づかないうちに「恋愛差別主義」（？）に陥っているかもしれないのだ。

ワタナベトオルに「恋愛」は可能か

語り手のワタナベトオルは自閉的で自分のことしか考えていない人間だということが、小説中にも繰り返し書かれている。彼の知り合いから指摘され、本人もそう言っている。こんな自閉的な人間に「恋愛」などできるはずがないという批判もあるし、だからこの小説は「恋愛小説」ではないという指摘もある。特にワタナベトオルについては、フェミニズムの立場から見ても、「もてない男」の立場から見ても、批判すべき人物であり、気に入らない人物だろう。たしかにそうかもしれない。そういう恋愛観があるということを否定しようとは思わない。

しかし、こういうことも言えるだろう。『ノルウェイの森』は心を開くことができないことに傷ついているワタナベトオルの「恋愛」が書いてある小説だと。心を開かない人間に「恋愛」ができないと決めつけるのはおかしい。心を開かない人間にも「恋愛」はあり得る。それはどういう形の恋愛なのか。あるいは、それはどういう不幸な恋愛になってしまうのか。それが『ノルウェイの森』の実験だと言うこともできるだろう。

もしそう読まなければ、『ノルウェイの森』という小説はおそらく批判の対象にしかならないと思うし、面白くもないと思う。

ついでに僕の貧しい観察から言えば、女性にすごく「もてる」男は、同性の男から見ても男惚れするような男か、虫酸《むしず》が走るほど嫌らしい男である場合が多い。もちろん、虫酸が走るほど嫌らしい男の多くが「もてる」という意味ではない。すごく「もてる」男にはそういうのが多いと言っているにすぎない。ただ、僕にワタナベトオルがどう見えるかは言わない。

飛行機とめまい

『ノルウェイの森』がどういう構成になっているかという点は重要である。この小説では三十七歳になったワタナベトオルが、十八年前の十九歳から二十歳までのときに体験したことが、彼自身によって書かれている（「こうして記憶を辿りながら文章を書いていると」という一節が上巻の二十一ページにある）。しかも、十八年前のワタナベトオルもこの三十七歳のワタナベトオルも、自分の居場所が探せないことを確認する構成になっている。ここが肝心なところだ。

『ノルウェイの森』の冒頭は、三十七歳のワタナベトオルが飛行機でドイツに着く間際に、BGMの「ノルウェイの森」を聴いて「混乱」したところを、ドイツ人の「スチュワーデス」に「気分がわるいのか」と聞かれ、「大丈夫、少しめまいがしただけだ」と答えるところからはじまる。

「めまい」は体験した人にしかわからないだろうが、地面が揺れるのである。正確に言えば、地面が揺れているのか自分が揺れているのかが区別できなくなるのである。自分の場所が自分の場所でなくなるのだ。「めまい」とはそういう体験である。

しかも、これは飛行機の中の出来事なのである。言うまでもなく、着陸直前の飛行機は宙に浮いている。これが小説の冒頭に置かれていることは、三十七歳のワタナベトオルも依然として自分の場所にキッチリ着地できていないことを示しているだろう。やはり、村上春樹の小説は冒頭の文に詰め込まれた意味が大きいと思う。

この冒頭の一節とこの小説の一番最後の一節は明らかに対応している。最後の段落は、こうなっている。

　僕は受話器を持ったまま顔を上げ、電話ボックスのまわりをぐるりと見まわしてみた。僕は今どこにいるのだ？　でもそこがどこなのか僕にはわからなかった。見当もつかなかった。いったいここはどこなんだ？　僕の目にうつるのはいずこへともなく歩きすぎていく無数の人々の姿だけだった。僕はどこでもない場所のまん中から緑を呼びつづけていた。（下、二九三ページ）

最後の一文はまるで『世界の中心で、愛をさけぶ』（片山恭一、小学館、二〇〇一・四）がこれを本歌取りしたかのような趣があるが、ワタナベトオルが自分の場所を見失ったことがわかった場面で終わっている。しかも、三十七歳のワタナベトオルがこれを書いている。したがって、三十七歳のワタナベトオルは、自分はあのときから自分の場所を見失ったままだということがわかっていることになる。そういう構成の小説なのである。

十八年間見つからなかった場所

『世界の終りとハードボイルド・ワンダーランド』の第四章で地図の意味に言及したが、『ノルウェイの森』にも、地図に関することが何回か出てくる。地図に取り憑《つ》かれた「突撃隊」もそうだし、小林緑は地図の解説をするアルバイトをしている。地図は自分の場所を確かめる紙だ。『ノルウェイの森』が『世界の終りとハードボイルド・ワンダーランド』という地図をめぐる小説の後に書かれた意味を考えると、この小説でも地図が使われることの意味は重い。

ワタナベトオルは地図を使って自分の場所に行けない人間らしい。彼が唯一地図を使って正しく辿りつけた場所は、直子が療養している施設「阿美寮」だけだ。

地図は世界に場所を開く装置だった。その地図がワタナベトオルにはほとんど機能しないということが重要なのである。ワタナベトオルが地図を使って辿りつけたのは、心を病んだ人が療養する場所だけだった。そのことから導き出せる結論は、心を病んでいるのは直子だけではないということだろう。心を病んでいるのはまさにワタナベトオルであるということではないだろうか。

したがって、これは三十七歳のワタナベトオルがまさに自分の病んで閉じられてしまった心を確認するために、あるいはそれを開こうとする努力のために書かれた「手記」だと言うことができる。三十七歳のワタナベトオルが十八年前の出来事を振り返って、自分の病んでいた心を言葉で確認する作業を行なっているのである。

別の言い方をするなら、ワタナベトオルが自分の場所に辿りつけなかった十八年前の自分を書くことによって、自分の場所を探す努力をするのがこの「手記」なのである。三十七歳のワタナベトオルがまだ自分の場所を見つけきれていないらしいエピソードが冒頭に置かれている。この「手記」を書き終わった後にワタナベトオルが自分の場所を手に入れたのかどうかはわからない。そのことは読者が自分の想像力で考えることだ。

直子の「正しい宛先」

フランスの哲学者ジャック・デリダは、メッセージはそれを受け取ってもらいたいと思っていた宛先ではなく、まちがった宛先に届けられたときにこそ意味を持つという逆説的なことを言っている。このことをデリダは郵便物になぞらえて、「誤配」という言葉で呼んだ。実際、郵便物は「正しい宛先」に届くより、「まちがった宛先」に届いたほうが「事件」が起きやすいだろう。

キリスト教の「新約聖書」に関して壮大な「誤配」の例を挙げてみよう。デリダが論じたのは主に「旧約聖書」だが、キリスト教の「新約聖書」ははじめギリシア語で書かれた。これはギリシア語が読める人を「正しい宛先」と想定していたことを意味する。しかし、そのはるか後に「聖書」が宗教改革者ルターによってドイツ語という当時俗語とされていた言語に翻訳されたことで、「まちがった宛先」に届けられ、彼らに「厳格なキリスト者」という形でキリスト教への帰属意識を与えた。これがキリスト教に新しい時代を開いたのである。だから、「誤配」は「事件」を生むと言うのだ。

『ノルウェイの森』のテーマは「誤配」である。村上春樹文学はホモソーシャル小説だということは前の章でも何度か繰り返して述べた。『ノルウェイの森』もその枠組みで読もうと考えているが、さらに「誤配」小説として読もうと思う。

結論を先に言ってしまおう。『ノルウェイの森』は、ワタナベトオルがキズキから譲られた（つまり「誤配」された）直子をキズキのもとに届ける小説である。『ノルウェイの森』はセックスと自殺を軽く扱いすぎているという批判もあるが、それは「読めていない」批判だろう。セックスと自殺こそが『ノルウェイの森』のテーマなのだから。

きちんと説明しておこう。

恋人たちの時間

ワタナベトオルが自殺した親友のキズキから直子を譲られる。まさにホモソーシャルな関係である。しかし、これが「誤配」だったことは明らかだ。直子はワタナベトオルを愛せなかったからである。そこで、直子をプレゼントされたワタナベトオルは、ホモソーシャル関係の中で、自分の責任を果たそうとする。ワタナベトオルが自分の責任を果たすやり方は、キズキのもとに直子を届けること、すなわち直子を自殺させることだ。直子は自殺しないかぎりキズキのところに行けない。そのことがわかっているから、ワタナベトオルは直子を自殺させる。それが彼の責任の果たし方だった。つまり、ワタナベトオルの仕事とは直子を自殺させることだった。それが彼の唯一の仕事だった。そしてそのことのすべてを、文学は「恋愛」という言葉で呼ぶことができる。これが結論だ。

「誤配」された直子を、ワタナベトオルが「正しい宛先」に届けるまでが「物語の時間」なのである。「恋人たち」は「誤配」された時間を、悲しくそして切なく生きる。それが「恋」でなくてなんだろうか。

シェイクスピアのロミオとジュリエットこそ「誤配」された「恋人たち」の時間を生きたのだし、三島由紀夫『春の雪』(シリーズ『豊饒の海』)の松枝清顕《まつがえきよあき》は、綾倉聡子《あやくらさとこ》が「誤配」されるのを待ってから「恋心」に火を放つ。

少し「誤配」の概念を広げすぎたようだ。しかし、「誤配」を含まない「恋」などというものがあるだろうか。あるいは、「恋」とは「誤配」された人間関係を言うのではないだろうか。問題は、彼や彼女が「誤配」され、あるいはその宛先となる資格を持つかどうかなのだ。その資格とは、「誤配」に気づいていながら、その相手とどこか共振してしまうところを持っていることだろう。それは、心が通い合うこととは違う微妙にズレた何かだ。

さかさまの恋愛

では、ワタナベトオルは「誤配」される資格を持っていただろうか。ワタナベトオルが自閉的な性格を持っていることについては、すでに触れた。たとえば、次のような一節がある。

直子は僕に一度だけ好きな女の子はいないのかと訊ねた。僕は別れた女の子の話をした。良い子だったし、彼女と寝るのは好きだったし、今でもときどきなつかしく思うけれど、どうしてか心を動かされるということがなかったのだと僕は言った。（上、六十ページ）

ここで注意してほしいことは、この何気ない一節が直子の状態と対照的な形で対応しているということである。つまり、直子とキズキとの関係と対応しているということだ。直子とキズキは愛し合っていたという。しかし、セックスはできなかった。だから、キズキの死後、直子の誕生日にワタナベトオルとセックスをしたときには、それは彼女にとって初めてのセックスだった。キズキとは、手を使ったり、フェラチオをしたりしていた。それしかできなかった。おそらく、そこにキズキの心の痛みもあった。

直子は、「恋愛」において心と身体が一致していない。心では愛しているが、身体で愛することができない。ところが、この六十ページのワタナベトオルは、直子とは逆に、寝るのはできるけれども、心は動かされないと言っている。そして、身体の相性はいいけれども、別に好きではなかったと言っている。これは男女にかかわらず、そういうことは少なくないかもしれない。

しかし直子のように、愛しているけれども、身体が言うことを聞いてくれないということは、珍しいかもしれない。ただ、ワタナベトオルと直子は心と身体が一致しないという意味においては同じなのである。二人は共振し合っている。しかも、さかさまに。キズキが直子をあえてワタナベトオルに「誤配」した理由もここにあったのだろう。直子もワタナベトオルも「誤配」され、あるいはその宛先となる資格を持っていたのだ。

心の「殻」

ワタナベトオルが「恋愛」において心と体が一致していないのは、自分の性格に問題があると、彼は感じているようだ。先の引用の続きである。

たぶん僕の心には固い殻のようなものがあって、そこをつき抜けて中に入ってくるものはとても限られているんだと思う、と僕は言った。だからうまく人を愛することができないんじゃないかな、と。

「これまで誰かを愛したことはないの？」と直子は訊ねた。

「ないよ」と僕は答えた。

彼女はそれ以上何も訊かなかった。（上、六十～六十一ページ）

ここで直子が「それ以上何も訊かなかった」理由が、直前の「これまで誰かを愛したことはないの？」「ないよ」というやりとりにあることは明らかだろう。目の前に自分とは対照的な人間がいる。そういう人間がいることを知ったからである。そして、それが愛していたキズキの親友だったことに、驚きを覚えたからだろう。

親友の関係は時に対照的な人間同士の間に結ばれる。キズキが「愛していない人とでもセックスができる」ようなワタナベトオルと対照的な人間だったとするなら、キズキは「愛している人とだけしかセックスをしたくない」人間だったのかもしれない。直子は、この時キズキの絶望の深さを知ったはずだ。

ワタナベトオルはキズキの鏡だと言える。しかも、その鏡にはキズキが逆さまに映っている。永沢の言葉をいくつか引用しながら、キズキの鏡としてのワタナベトオルを見ておこう。

「俺とワタナベには似ているところがあるんだよ」と永沢さんは言った。「ワタナベも俺と同じように本質的には自分のことにしか興味が持てない人間なんだよ」（下、一一五ページ）

「俺とワタナベの似ているところはね、自分のことを他人に理解してほしいと思っていないところなんだ」と永沢さんが言った。（下、一二七ページ）

「お好きに」と永沢さんは言った。「でもワタナベだって殆んど同じだよ、俺と。親切でやさしい男だけど、心の底から誰かを愛することはできない。」（下、一三〇ページ）

「冗談だよ」と永沢さんは言った。「ま、幸せになれよ。いろいろとありそうだけれど、お前も相当に頑固だからなんとかうまくやれると思うよ。ひとつ忠告していいかな、俺から」

「いいですよ」

「自分に同情するな」と彼は言った。「自分に同情するのは下劣な人間のやることだ」

「覚えておきましょう」と僕は言った。そして我々は握手をして別れた。彼は新しい世界へ、僕は自分のぬかるみへと戻っていった。（下、一八九ページ）

レイコも同じようなことを言っている。「精神病院に入りたくなかったらもう少し心を開いて人生の流れに身を委ねなさい」（下、二四六ページ）と。「もう少し心を開いて」と言う以上は、レイコもワタナベトオルが心を閉じて生きていると見ているのである。

この本では、アイデンティティの説明を何度かした。簡単に言ってしまえば、アイデンティティは自己による自己承認と、他者による自己承認という二つの側面から成り立っているものだった。こういうアイデンティティ観からは、ワタナベトオルは「他者による自己承認」を必要としない人間だと、他者から見られていることがわかる。

しかし、アイデンティティは静的なものではなく、動的なものだ。だとすれば、ワタナベトオルのような人間がかろうじてアイデンティティを保とうとすれば、ＩとMeの果てしない堂々巡りの自己コミュニケーションをとり続けるしかないだろう。ワタナベトオルが「ぬかるみ」と言っているのは、そういうアイデンティティのあり方のことだ。彼はそれを「固い殻」とも呼んでいた。彼は自分をよく知っている。

とても「恋」などできそうにない人物、それがワタナベトオルだ。その意味で、「恋愛小説」においては彼こそが「貴種」だと言っていい。仮に誰かと共振することがあったとしても、自閉的な彼との共振はすぐにズレを含んでしまうだろう。相手に合わせることができないのだから。繰り返す。ワタナベトオルは「誤配」される資格を十分すぎるくらいに備えていたのである。

「主人公」の仕事

ワタナベトオルはこの物語の最初から最後まで、彼固有の性格から変化しない人物だと言える。いかにも村上春樹の小説にふさわしい人物である。

村上春樹文学の主人公は「巻き込まれ型」だとよく言われるが、それは彼らが自ら世界に働きかけずに「巻き込まれる」だけであるうえに、そのことで彼ら自身も世界の影響も受けず、成長も変化もしないからだろう。

そういう村上春樹文学の「僕」たちは、本来ならば物語の「主人公」になるべき人間ではないのかもしれない。と言うのは、文学理論では、ある事柄や人物がある状態から別のある状態に変化するまでのまとまりを「物語」と呼ぶからである。あることが変化するということは、「変化する前」と「変化した後」があることになる。それが「物語」の「はじめ」と「おわり」である。

わかりやすくて単純な例を挙げれば、NHKの朝の八時十五分から八時三十分まで放映されている「連続テレビ小説」というドラマがある。僕が小学校のときからはじまって四十年以上も延々続いているシリーズだが、これがごく少数の例外を除いては、ワンパターンなのである。「連続テレビ小説」の主人公はたいていてい若い女性で、彼女がさまざまな苦労をして一人前に成長するところで終わることになっている。「少女が女になる成長物語」の繰り返しなのである。

主人公の成長という変化が「はじめ」から「おわり」までの時間を構成しているわけで、これが典型的な「物語」だと言うことができる。「少女」からはじまって「女」になったところで「物語」は終わるのである。成長という変化を経験するから、彼女たちは「主人公」の資格を持つのだ。

ただし、成長ばかりが「物語」の条件ではない。例が飛ぶが、イギリス文学の名作トマス・ハーディの『テス』ならば、「テス」という女性がどんどん不幸になっていく小説である。これも何らかの変化を含んでいるという意味で、立派に「物語」の資格を備えている。もちろん、ある「事件」が解決する推理小説なども、事柄の変化を含んでいるから、典型的な「物語」だと言える。殺人が起きたところが「はじめ」で、犯人が捕まったところが「おわり」だ。

こういう文学理論を参照すれば、変化を経験しないワタナベトオルは「主人公」の資格がないと言える。ただの「語り手」ということになる。しかも、これは何もワタナベトオルに限ったことではない。村上春樹文学の特徴の一つだ。しかし、村上春樹文学の「僕」を「主人公」でないと見なすことは、僕たちの実感からズレているように思う。

たとえば、この本でここまで読んできた他の村上春樹文学の「僕」もなにがしかの仕事をしていて、それが「物語」を構成していた。『風の歌を聴け』なら、「「僕」が小指のない女の子を救う物語」と読むこともできるし、「「僕」が小指のない女の子を鼠から奪う物語」と読むこともできる。読み方によって、違う「物語」が見えてくる。「小説」の中にはいくつもの「物語」が詰まっている。だから、村上春樹文学も十分に「物語」の資格を備えているし、「僕」も十分に「主人公」の資格を備えているのである。

では、『ノルウェイの森』のワタナベトオルはどんな仕事をしたのか。それが、「誤配」された直子を「正しい宛先」に届けることなのである。「「誤配」された直子を「正しい宛先」へ届ける物語」が『ノルウェイの森』にしまい込まれている「物語」なのだ。村上春樹文学の「僕」は目立たず、黙々と「主人公」としての仕事を果たす。

ここで確認したいのはこういうことだ。ワタナベトオルはアイデンティティを「固い殻」に包み込んだ、変化のない人物である。しかし、それはあくまで登場人物のレベルの話である。小説のレベルで見れば、彼は「主人公」としての仕事をきちんと果たし、『ノルウェイの森』を「はじめ」と「おわり」をそなえた「物語」に仕立て上げているのである。

『こころ』の本歌取り

僕たちがよく知っていて、『ノルウェイの森』に似た構造を持った小説がある。『ノルウェイの森』はその小説を下敷きにして書かれた本歌取りではないだろうか。

すでに指摘があるが、それは夏目漱石の『こころ』だ。僕の『こころ』の読み方は『こころ』大人になれなかった先生』(みすず書房、二〇〇五・七)という本に書いた。この拙著のタイトルを見れば、『ノルウェイの森』とどこか似ているると思うのではないだろうか。僕はこの章で、「ワタナベトオルは変化しない、つまり大人になれなかったのだ」と繰り返し言っているからだ。

僕の『こころ』論を、ダイジェスト版にして書いておこう。まず、「先生」の遺書の部分を読むことからはじめよう。

郷里の新潟で両親を亡くした「先生」は東京の第一高等学校に進学したが、遺産の管理を依頼していた叔父に遺産の一部を横領されてしまった。人間不信に陥った「先生」は、故郷を捨てた。

高等学校を卒業した「先生」は、日清戦争で軍人だった夫を亡くした未亡人の素人下宿に住むことになるが、その娘である静に恋心を抱くようになる。しかし、人間不信に陥った「先生」は、静の母親である未亡人だけでなく、静自身も自分の遺産目当てで接近してくるのではないかと勘ぐりはじめて、身動きが取れなくなってしまう。

「先生」は自分の静に対する気持ちをこういうふうに解説している。「もし愛という不可思議なものに両端《りようはじ》があって、その高い端《はじ》には神聖な感じが働いて、低い端《はじ》には性慾が動いているとすれば、私の愛はたしかにその高い極点を捕《つら》まえたものです」（下十四、引用は新潮文庫から)。

愛は両端に「神聖な感じ」と「性慾」とを持っているが、自分の静に対する感情には「神聖な感じ」だけがあって、「性慾」はなかったと、「先生」は言っている。この言い方を読んだだけで、『ノルウェイの森』のテーマと関わりがあると思うにちがいない。ただし、『こころ』と『ノルウェイの森』とでは男女の立場が入れ替わっている。先の「先生」の言葉は、直子にこそふさわしかった。

孤独を与える

「先生」が人間不信と女性不信のために告白できずにいたところに、Kという親友を下宿に同宿させることになる。そして、Kが静のことが好きだと先に「先生」に告白する。「先生」は驚いて、Kを出し抜いて静の母親に話をして、静との結婚を決めてしまう。その後に、Kは自殺する。

こういう経緯について、僕はこう読んでいる。「先生」の説明によれば、貧乏で生活が苦しいという理由でKを自分の下宿に同宿させた。そして、「先生」がKの分の家賃の面倒をも見る。「先生」がKを経済的に援助する形だ。

心を閉ざす「先生」

しかし、僕は「先生」はKを利用していると読んでいる。つまり、無理やり三角関係の形を作るためにKを下宿に引っ張り込んだのではないかと僕は読んでいる。「先生」はプロポーズに踏み切れずにいた。そこで、嫉妬心に火をつけて踏み切るためにKを下宿に同宿させたということだ。というのは、Kを下宿に同宿させる前に、「先生」はもう静とその母親との間で気持ちを確認し合っている場面があるからである。

その上で、なおかつプロポーズできない自分の嫉妬心に火をつけるために、Kを下宿に引っ張り込んでしまったのである。Kは人間味が欠けているから静と接触させて温かい人間にしようという屁理屈をこねて、静と近づくように仕向ける。案の定、Kは「先生」の思惑どおり静に恋をする。そして、「先生」はKを出し抜いて告白する。

これは、「先生」が十分に意識化していない意図だと言える。しかし、Kの自殺は「先生」の想定の範囲にはなかったにちがいない。それが、「先生」を苦しめたのである。ちなみに、Kが自殺した理由は「先生」の「裏切り」にあるのではなく、「孤独」を自覚したことにあると、僕は読んでいる。ただし、Kに「孤独」を自覚させたのは「先生」なのだ。

その後、「先生」と静は結婚した。しかし、結婚生活は一見うまくいっているようで、二人は傍からは見えにくい暗闘を繰り返していた。結婚後の静は「先生」に自分を愛してるかと「先生」に詰め寄ったことがあるようだ。そこには性をめぐる暗闘があったにちがいない。そこへ現れたのがあの「坊や」、すなわちこの「手記」の書き手となった青年である。青年は鎌倉の海岸で偶然「先生」と出会う。そして、学校の教師でもない人間を「先生、先生」と呼んで近づいていく。しかし、青年は「先生」を他人に心を開かない人だと思いはじめる。「先生」はまるでワタナベトオルのように心を閉ざしている。

最終的に「先生」は青年を信頼することになる。そして、こんな風に心を開かなくなった自分自身の物語を青年に語ってあげようと言う。しかし、それを語るときには「先生」は自殺の決心をしていた。自分の命と引き換えにでなければ、青年に自分の物語を語れなかったのである。

「先生」の遺書を読んだ青年はおそらくすべてを理解した。そして、「先生」の指示に背いて「遺書」を公開する決意をする。そのために、青年は「手記」を書きはじめた。冒頭の「世間を憚る遠慮」とか「筆を取っても心持は同じ」という言葉が、青年が「先生」の遺書を公開するために「手記」を書いていることを証している。

青年は「先生」ができなかったことをやろうとするわけだ。それは「先生の物語」を公開することだった。しかし、「先生」にとっては「先生の物語」を「公開」することそれ自体が目的ではあり得なかったはずだ。「現実」の世界で静と結婚した「先生」は、「現実」の人間として心を通い合わせたいならば、「先生の物語」を静にこそ語るべきだったのである。しかし、「先生」にはそれができなかった。だから青年に遺書を書いた。そうである以上、この遺書ははじめから「誤配」することが意図されていたのだ。自分に「誤配」された遺書を、青年はいま「正しい宛先」である静に届けようとしている。そのために、青年は「手記」を書いているのだ。

誤解のないように付け加えておけば、「奥さん（静のこと）は今でもそれを知らずにいる」（上十二）という青年の言葉は、青年が「手記」を書いている「今」も静が生きていることを証している。

さらに言うべきことがある。すでに指摘があるように、この「手記」を書いている青年にはすでに「子供」がいることを暗示する記述がある。「子供を持った事のないその時の私は」（上八）がそれだ。では、それは誰の子供だろうか。それは静と青年との間にできた子供だ。「先生」が青年を信頼することは、静を青年に手渡すことだったのだ。「先生」は、自分のところへ「誤配」された静を、「正しい宛先」に届けたのである。何度でも繰り返すが、「誤配」によって結ばれた「先生」と静との関係を、文学は「恋愛」と呼ぶ。傍からは、それがいかに不幸に見えようとも。

これは、ちょうどワタナベトオルがキズキから直子を渡されたプロセスに似ている。キズキから手渡された直子を、ワタナベトオルは「正しい宛先」に送り返す。だから、『ノルウェイの森』は、現実に甦った『こころ』だと言うこともできる。「先生」から静を手渡された青年がいて、そこで『こころ』は終わっている。あたかもそれを本歌取りするように書いたのが『ノルウェイの森』だと、僕は読んでいる。

ちなみに僕の検証によれば、『こころ』の「先生」が自殺した明治四十五年の時点で、「先生」は三十七歳、静は二十九歳、青年は二十六歳というところだろう。だから、青年と静の関係は、あり得ないことではないのだ。

2　直子が「物語」を作るまでの物語

贈り物としての直子

ホモソーシャル関係の中では女性は「交換」される貨幣のようなものだと第一章で述べた。しかし、人間は貨幣ではない。心がある。たとえば、キズキが自殺するときに、最後に話をしたのはワタナベトオルだった。それは、人間の心を持った直子にとってどういう意味を持ったのだろうか。

あるいは直子が僕に対して腹を立てていたのは、キズキと最後に会って話をしたのが彼女ではなく僕だったからかもしれない。こういう言い方は良くないとは思うけれど、彼女の気持はわかるような気がする。（上、五十～五十一ページ）

自殺をするキズキが、最後に直子に会わずに僕に会ったということが、直子にとって傷になっているのではないかと、ワタナベトオルは感じている。キズキがワタナベトオルと最後に言葉を交わすことになった経緯は、こうだ。

その五月の気持の良い昼下がりに、昼食が済むとキズキは僕に午後の授業はすっぽかして玉でも撞きにいかないかと言った。（上、五十一ページ）

約束どおり僕がゲーム代を払った。ゲームのあいだ彼は冗談ひとつ言わなかった。これはとても珍しいことだった。ゲームが終ると我々は一服して煙草を吸った。

「今日は珍しく真剣だったじゃないか」と僕は訊いてみた。

「今日は負けたくなかったんだよ」とキズキは満足そうに笑いながら言った。

彼はその夜、自宅のガレージの中で死んだ。（同）

一番最後に会ったのがワタナベトオルだったということ。そして、その時にキズキがビリヤードで真剣に勝負をしてワタナベトオルに勝ったということ。さらに、このゲーム代をワタナベトオルが支払ったこと。この三つのことはホモソーシャルの枠組みから読もうとするときに重い意味を持つ。このときキズキは、言葉にはならないけれども、ワタナベトオルにある種のメッセージを託していたのだろう。それは「男として俺はおまえより強い」ということだ。そのことを確認しなければ、キズキは死ねなかったのである。ワタナベトオルが支払ったゲーム代は「誤配」される運命にあった直子の代金だったと言えば、直子にとって残酷にすぎるだろうか。

キズキが自殺した理由はわからない。しかし、彼が死ぬためにはワタナベトオルに勝たなければならなかった、このことが重要なのだ。直子との関係において傷ついていたキズキは、直子を手放さなければならないと考えていたのだろう。しかし、手渡す相手は自分で選ばなければならなかった。それがキズキのプライドであり、直子へのキズキなりの思いやりだった。だから、キズキはワタナベトオルに勝たなければならなかった。そのことによって、キズキは勝利者からの贈り物として直子をワタナベトオルに手渡すことができるからである。

ワタナベトオルにしてみれば、敗者から贈り物をもらってもありがたみがない。弱い男からもらうのは贈り物ではないからだ。直子が「腹を立てていた」のは実はそういうことのすべてが、わかっていたからだろう。直子にしてみれば、キズキと自分との関係が、男同士の力比べに置き換えられてしまったようなものだからである。

男たちの力比べ

男たちの力比べは、キズキが自殺した後も終わらない。

　彼女の求めているのは僕の腕ではなく誰かの腕なのだ。彼女の求めているのは僕の温もりではなく誰かの温もりなのだ。僕が僕自身であることで、僕はなんだかうしろめたいような気持になった。（上、六十一ページ）

　直子の側から見れば「誰か」がキズキであることは改めて確認するまでもないが、ホモソーシャルな関係の中では特定できない「誰か」だ。ホモソーシャルな関係の中では、男は不特定で抽象的な「男」と力比べをしなければならないからである。もしそうでなければ、三十七歳のワタナベトオルは「誰か」ではなく、はっきりと「キズキ」と書いたにちがいない。

　高校生のときに、直子は「胸の手術」をした。そのとき、キズキは二度しか見舞いに行かなかった。一度は一人で、二度目はワタナベトオルとバイクに乗って。はじめての見舞いのとき、キズキはそわそわしてすぐ帰ってしまった。病人を見舞うということの意味がわかっていなかった。「そういう面ではあの人はずっと子供のままだった」と直子は言う。「大人になれなかったキズキ」がいる。
その見舞いについての、直子とワタナベトオルの会話である。

「でも僕と二人で病院に行ったときはそんなにひどくなかったよ。ごく普通にしてたもの」
「それはあなたの前だったからよ」と直子は言った。「あの人、あなたの前ではいつもそうだったのよ。弱い面は見せるまいって頑張ってたの。きっとあなたのことを好きだったのね、キズキ君は。だから自分の良い方の面だけを見せようと努力していたのよ。でも私と二人でいるときの彼はそうじゃないのよ。少し力を抜くのよね。」（上、二六〇ページ）

肝心なことを二点確認しておこう。第一は、キズキとワタナベトオルが男同士の力比べをしていたこと。第二は、そのことが直子にはわかっていたということ。直子には、キズキがワタナベトオルとの間で男同士の力比べをしていたことがわかっていたのだ。ここに、ホモソーシャルの構造を超えた「直子の物語」の可能性がある。直子にもし、自分が男同士の力比べに利用されていることがわかっていなければ、「直子の物語」は描かれようがないが、直子にそのことがわかっていたからこそ、男同士の力比べのためではない、直子自身のための悲しい「自立」を試みる「直子の物語」が描かれることになる。

「でも正直に言って、私はあの人の弱い面だって大好きだったのよ。良い面と同じくらい好きだったの。だって彼にはずるさとか意地わるさとかは全然なかったのよ。ただ弱いだけなの。」（上、二六二ページ）

直子は何を言いたかったのだろうか。それは、自分はワタナベトオルの知らないキズキの弱い面も知っているということが一つ。それから、その知らない弱い面が自分は好きだったことがもう一つだ。これは、直子はワタナベトオルとキズキが男同士の力比べをしていることを知っているけれども、しかし直子はさらにその裏側も知っているとワタナベトオルに伝えていることを意味する。

直子は、男同士の力比べは男同士の見栄にすぎない、自分はそんな見栄を張り合っているキズキではなくて、力を抜いたキズキを知っていて、そういうキズキも好きだと言っているのだ。これは、男同士の力比べに対する遠回しの批判だろう。

実は、『こころ』にも男同士の力比べを批判する場面がある。「先生」の妻となった静が青年と「先生」について話しているときに、青年に向かってこういう手厳しい言葉を口にするのだ。「議論はいやよ。よく男の方は議論だけなさるのね、面白そうに。空の盃《さかずき》でよくああ飽きずに献酬《けんしゅう》が出来ると思いますわ」（上十六）と。男同士の議論のやりとりは、女の私から見ると空っぽだ、そんなものはただの見栄にすぎない、実体のないものだと手厳しく指摘しているのだ。それをやさしい言葉で言えば、ちょうど直子のような言い方になるのだろう。しかし、直子も言っていることは切実だ。彼女は男同士の力比べに私を巻き込まないでと言いたかったにちがいない。

生きつづける代償

男同士の力比べに巻き込まれた女性は迷惑だろう。しかし、男同士の力比べは実は男にとっても辛いものだ。

おいキズキ、と僕は思った。お前とちがって俺は生きると決めたし、それも俺なりにきちんと生きると決めたんだ。お前だってきっと辛かっただろうけど、俺だって辛いんだ。本当だよ。これというのもお前が直子を残して死んじゃったせいなんだぜ。でも俺は彼女を絶対に見捨てないよ。何故なら俺は彼女が好きだし、彼女よりは俺の方が強いからだ。そして俺は今よりももっと強くなる。そして成熟する。大人になるんだよ。そうしなくてはならないからだ。俺はこれまでできることなら十七や十八のままでいたいと思っていた。でも今はそうは思わない。俺はもう十代の少年じゃないんだよ。俺は責任というものを感じるんだ。なあキズキ、俺はもうお前と一緒にいた頃の俺じゃないんだよ。俺はもう二十歳になったんだよ。そして俺は生きつづけるための代償をきちっと払わなきゃならないんだよ。（下、二〇四ページ）

ここには「大人になりたいワタナベトオル」がいる。ワタナベトオルはキズキから直子を手渡されたことをはっきり自覚している。そして、彼は自分の「責任」を果たすのだ、それが自分が「大人」になることだ、「二十歳」になることだと言っている。その「責任」とは、直子が本当に愛していたキズキのもとに直子を送り届けることだった。それはどんなに辛くても自分が「生きつづけるための代償」としてやらなければならないことだと言うのだ。それが「俺だって辛いんだ」という言葉の意味だ。

「彼女を絶対に見捨てないよ。何故なら俺は彼女が好きだし」と、ワタナベトオルは言う。ワタナベトオルは直子が好きだからこそ、キズキのもとに直子を送り届けるという自分の「責任」を果たさなければいけないと感じているのである。それが直子を殺すことだということがわかっているけれども、やらなければいけないと思っているのだ。これが「一〇〇パーセントの恋愛小説」ということの意味だ。

このあと、ワタナベトオルは阿美寮にいる直子に手紙を書いた。

　春がやってきてまた新しい学年が始まったことを僕は書いた。君に会えなくてとても淋しい、たとえどのようなかたちにせよ君に会いたかったし、話がしたかった。しかしいずれにせよ、僕は強くなろうと決心した。それ以外に僕のとる道はないように思えるからだ、と僕は書いた。（下、二二四ページ）

自分に言い聞かせるように、強くなろうと書いている。緑とワタナベトオルの会話を引こう。

「君のこと大好きだよ」と僕は言った。「心から好きだよ。もう二度と放したくないと思う。でもどうしようもないんだよ。今は身うごきとれないんだ」

「その人のことで？」

僕は肯いた。

「ねえ、教えて。その人と寝たことあるの？」

「一年前に一度だけね」

「それから会わなかったの？」

「二回会ったよ。でもやってない」と僕は言った。

「それはどうしてなの？　彼女はあなたのこと好きじゃないの？」

「僕にはなんとも言えない」と僕は言った。「とても事情が込み入ってるんだ。いろんな問題が絡みあっていて、それがずっと長いあいだつづいているものだから、本当はどうなのかというのがだんだんわからなくなってきているんだ。僕にも彼女にも。僕にわかっているのは、それがある種の人間としての責任であるということなんだ。そして僕はそれを放り出すわけにはいかないんだ。少くとも今はそう感じているんだよ。たとえ

彼女が僕を愛していないとしても」(下、二三二〜二三三ページ)

ここで注目してほしいのは「人間としての責任」という言葉が、緑の前で、ワタナベトオルの口をついて出ていることである。このとき、ワタナベトオルの「仕事」に緑が巻き込まれる運命が決まった。ワタナベトオルの緑への気持ちがなかったら、直子が彼女自身のための「物語」を完成させることはできなかったはずだ。緑がいたからこそ、直子は自分の物語を歩むことができる。この小説はそういう形になっている。

そして僕はキズキのことを思った。おいキズキ、お前はとうとう直子を手に入れたんだな、と僕は思った。まあいいさ、彼女はもともとお前のものだったんだ。結局そこが彼女の行くべき場所だったのだろう、たぶん。でもこの世界で、この不完全な生者の世界で、俺は直子に対して俺なりのベストを尽したんだよ。そして俺は直子と二人でなんとか新しい生き方をうちたてようと努力したんだよ。でもいいよ、キズキ。直子はお前にやるよ。直子はお前の方を選んだんだものな。(下、二五八ページ)

屈折した語り方になってはいるが、「キズキのもとに直子を送り届ける物語」をワタナベトオルも半ば以上、自覚していたことが、ここからわかる。この語り口が屈折しているのは、彼の「仕事」が意識と無意識の間にあるからにちがいない。

緑への「責任」

ワタナベトオルが自分の「仕事」の意味をはっきりと自覚させられるのは、レイコの言葉によってである。

「ところでワタナベ君、もしよかったら教えてほしいんだけど、その緑さんっていう女の子ともう寝たの？」とレイコさんが訊いた。
「セックスしたかっていうことですか？　してませんよ。いろんなことがきちんとするまではやらないって決めたんです」
「もうこれできちんとしたんじゃないかしら」
僕はよくわからないというように首を振った。「直子が死んじゃったから物事は落ちつくべきところに落ちついちゃったってこと？」

「そうじゃないわよ。だってあなた直子が死ぬ前からもうちゃんと決めてたじゃない、その緑さんという人とは離れるわけにはいかないんだって。直子が生きてようが、死んでようがそんなの関係ないじゃない。あなたは緑さんを選び、直子は死ぬことを選んだのよ。あなたもう大人なんだから、自分の選んだものにはきちんと責任を持たなくちゃ。」（下、二八〇～二八一ページ）

ここで注目すべきところは、「責任」という言葉の意味がここまで僕が確認してきたものと変わっているということである。ワタナベトオルが言う「責任」は直子をキズキのもとに届けることだった。ところが、ここでレイコが口にしている「責任」は緑についてのものだ。同じ「責任」という言葉の意味が変わっているのである。そして、それが「大人」の「責任」の取り方だと言うのだ。

ここに「直子の物語」が完成する可能性がある。レイコは「直子が生きてようが、死んでようがそんなの関係ないじゃない。あなたは緑さんを選び、直子は死ぬことを選んだのよ」と言っている。ワタナベトオルが緑を選ぶことと直子が死を選ぶことには関係があるけれども、しかしそれはそれぞれの主体によって選ばれたものだということだ。だから、直子が自分の選択に「責任」を持ったように、あなたも緑を選んだ自分の選択に「責任」を持ちなさいと、レイコは言うのである。

死ぬための恋愛

ここで、改めて確認しておかなければならないことがある。それは、ワタナベトオルが直子の二十歳の誕生日に彼女とセックスをしたことについてである。後に直子は、こう言っている。「ねえ、どうしてあなたあのとき私と寝たりしたのよ？　どうして私を放っておいてくれなかったのよ？」（上、十九ページ）。次の行には「我々はひどくしいんとした松林の中を歩いていた。道の上には夏の終りに死んだ蟬の死骸がからからに乾いてちらばっていて」とあって、死が強調されている。

このとき直子が言いたかったのは、もしあの二十歳の誕生日にワタナベトオルが直子と寝なければ、おそらく直子はあの日に自殺をしていたということだろう。「だけれどもあなたが私と寝たから、私は死ねなくなった」ということを言おうとしたのだろう。ワタナベトオルと直子との関係が「恋愛」だとすれば、直子が死ねなくなった日から直子が死ぬまでの時間が、片方が愛して片方が愛していない、そういう二人の「恋愛の時間」だったからである。

直子とワタナベトオルにとって、セックスをすることはどんな意味を持っていたのだろうか。

直子は、ワタナベトオルに訴えかけていた。

「私のことを覚えていてほしいの。私が存在し、こうしてあなたのとなりにいたことをずっと覚えていてくれる?」(上、二十ページ)

「本当にいつまでも私のことを忘れないでいてくれる?」と彼女は小さな囁くような声で訊ねた。

「いつまでも忘れないさ」と僕は言った。「君のことを忘れられるわけがないよ」(上、二十一ページ)

前に引いた、石原吉郎「確認されない死の中で」を思い出させる言葉だ。この直子の言葉を読んで、彼女が死を覚悟していないと思う読者はいないだろう。この時から、二人は直子がいずれ自殺することを確認し合っているのだ。そうではないだろうか。

何故彼女が僕に向って「私を忘れないで」と頼んだのか、その理由も今の僕にはわかる。もちろん直子は知っていたのだ。僕の中で彼女に関する記憶がいつか薄らいでいくであろうということを。だからこそ彼女は僕に向って訴えかけなければならなかったのだ。「私のことをいつまでも忘れないで。私が存在していたことを覚えていて」と。

そう考えると僕はたまらなく哀しい。何故なら直子は僕のことを愛してさえいなかったからだ。（上、二十三ページ）

「その理由も今の僕にはわかる」という一節を含めて、「おとぼけ」も度が過ぎると言いたくなる文章だ。なるほど、「文章という不完全な容器」（上、二十二ページ）とはよく言ったものだ。彼には、もっと前からわかっていたはずなのだ。

おそらく直子が自殺を決心した後の出来事である。直子がフェラチオでワタナベトオルを「いかせた」後にこういう場面がある。

「覚えていられる?」とそのあとで直子が僕に訊ねた。

「もちろん、ずっと覚えているよ」と僕は言った。僕は直子を抱き寄せ、下着の中に指を入れてヴァギナにあててみたが、それは乾いていた。直子は首を振って、僕の手をどかせた。我々はしばらく何も言わずに抱きあっていた。（下、一八四ページ）

「覚えていられる?」というのは、フェラチオのことである。それを直子は「覚えていられる?」と確認しているのだ。これほど哀しいセックスはまたとないだろう。死を決心した彼女は、ワタナベトオルに覚えていてもらうために、それをしたのだ。

死のレッスン

実は、ワタナベトオルは自分の「仕事」を予習しているところがある。それは、永沢とハツミとの関係である。永沢と別れたハツミは別の男と結婚をして、二年後に自殺している。ハツミはそういう形で永沢のところへ戻っていくことを選んだのだろう。そのことを、ワタナベトオルは学んでいるはずなのだ。だから、「おとぼけ」はともかく、三十七歳のワタナベトオルは「私のことを覚えていてほしいの」という直子の言葉が、「私を死なせて」という意味だとまちがいなく解読できたのである。

では、直子はなぜそのときまで自殺できなかったのだろうか。

直子の誕生日の夜の場面だ。「その夜、僕は直子と寝た。そうすることが正しかったのかどうか、僕にはわからない」、「彼女のヴァギナはあたたかく濡れて僕を求めていた」、「僕がそれまでに聞いたオルガズムの声の中でいちばん哀し気な声だった」（上、八十五ページ）。直子の身体がワタナベトオルを求めてしまった。ただの一度もキズキとはセックスができなかったのにである。『こころ』の青年が「先生」ができなかったことをすべてやったように、ワタナベトオルもキズキから預かった直子に対して、キズキができなかったことをすべてしたのだ。

これが直子の二十歳の誕生日であるということには、やはり特別な意味がある。二十歳は「子供」から「大人」になる年齢である。そういう境目の日に、直子は生涯でただ一度のセックスをし、そしてただ一度のオルガズムを感じたのである。このとき、直子は十分「大人」になった。この日のセックスはそういう儀式だった。十分「大人」になったということは自分の死に対して「責任」が持てるということにほかならない。

したがって、直子の死は「ワタナベトオルがキズキのところに直子を送り返すワタナベトオルの物語」であると同時に、「直子が大人としての責任を取る物語」にもなるわけだ。それは、直子が自分の「責任」でキズキの元へ行く物語であると同時に、自殺したキズキを愛していながら、キズキ以外の男を身体が受け入れてしまったことに対して「責任」を取る物語でもある。「大人」になるイニシエーションが、そのまま直子の「負債」となってしまったと言える。

したがって、この夜の直子のセックスは二つの意味を持つ。一つは、直子が「大人」になる儀式としての意味。もう一つは、彼女が彼女自身で死ねる、その「責任」の主体となったという意味である。

母としての女性

では、ワタナベトオルはどうだったのだろうか。こういう場面が気になる。ワタナベトオルは「大人」になる、「強くなる」と言っているが、そうなっているだろうか。

直子が行ってしまうと、僕はソファーの上で眠った。眠るつもりはなかったのだけれど、僕は直子の存在感の中で久しぶりに深く眠った。（上、二二五ページ）

そこに直子はいないけれども、「直子の存在感の中で久しぶりに深く眠った」と書かれている。次は、直子がワタナベトオルを手で「いかせる」場面である。

「なかなか上手いじゃない」と僕は言った。
「いい子だから黙っていてよ」と直子が言った。（上、二九三ページ）

「いい子だから」という言い方に引っかかるものがある。次は、レイコとセックスをする場面を引こう。

ペニスを奥まで入れると、彼女は体を震わせてため息をついた。僕は彼女の背中をやさしくさするように撫でながらペニスを何度か動かして、そして何の予兆もなく突然射精した。それは押しとどめようのない激しい射精だった。僕は彼女にしがみついたまま、そのあたたかみの中に何度も精液を注いだ。（下、二八八ページ）

いままで読んだところを、次の文章を参照して意味づけしよう。

ある風の強い夕方、僕が廃船の陰で寝袋にくるまって涙を流していると若い漁師がやってきて煙草をすすめてくれた。僕はそれを受けとって十何ヶ月かぶりに吸った。どうして泣いているのかと彼は僕に訊いた。母が死んだからだと僕は殆んど反射的に嘘をついた。それで哀しくてたまらなくて旅をつづけているのだ、と。彼は心から同情してくれた。（下、二五四ページ）

「母が死んだからだと僕は殆んど反射的に嘘をついた」という。先に引いたセックスの場面では、ワタナベトオルがほとんど子供扱いされていることが読めるだろう。そのワタナベトオルの口をついて出るのが「母が死んだからだ」という言葉なのだ。

小説の言葉はすべてが意味を持つ。でなければ、すべてに意味がない。そのどちらかしかない。だから、すべてが意味を持つと考えなければならないだろう。そうでなければ、小説は読めない。そう考えると、この「母が死んだからだ」という言葉もこの小説の中で意味を持つことになる。

ワタナベトオルは「子供」なのだ。自分で「責任」を取ろうと言っているけれども、実はそれができない。だからこそレイコに「責任」と言われてしまうのである。そこでどういうことになるか。ワタナベトオルは自分の「責任」としてキズキのところに直子を届けようとする。しかし、直子が自殺した時期は直子自身が選んだということである。つまり、直子の自殺は直子の主体の問題だったということだ。

かくも哀しいセックス

この小説のわかりにくいところだが、ワタナベトオルとレイコが最後にセックスをする。先ほど確認した二八〇ページ、あなたは緑さんを選び、直子は死ぬことを選んだとレイコが言った、その後のことだ。

「ねえ、ワタナベ君、私とあれやろうよ」と弾き終ったあとでレイコさんが小さな声で言った。

「不思議ですね」と僕は言った。「僕も同じこと考えてたんです」（下、二八六ページ）

ワタナベトオルは結局誰とでも寝るのではないかとも受け取れるところだが、ここではっきりしているのは、このときレイコは直子の服を着ていて、直子の化身だということである。このときにワタナベトオルが抱いているのは、「レイコ」ではなくて「直子」だということは、どんな読者にでもわかることだろう。このとき、レイコがワタナベトオルとセックスするのは、ワタナベトオルが直子の呪縛から逃れるためのイニシエーションだと言える。レイコがワタナベトオルを直子から解放する儀式なのである。

直子は死んでキズキのところへ行ったけれども、ワタナベトオルが「子供」だったために、彼の「責任」を果たしたことにはならなかった。というのは、直子の死は、直子が選んだものだったからだ。ワタナベトオルが緑を選んだことを見届けた直子の決断だった。ワタナベトオルが決断させた死ではなかったからだ。そのことがレイコにはわかっている。そのことがワタナベトオルにもわかっている。ワタナベトオルは自分の「責任」は果たせていないのだ。そのことがわかっているから、レイコは直子の呪縛から解放させようとして、直子の服を着てセックスをする。

傷を癒やすための……

僕がここを読んで思い出すのは、ある映画だ。正確に言うと、僕がたぶんまだ中学生か高校生ぐらいのときにテレビで見たある映画の淀川長治の解説である。主役はジェニファー・オニールという女優で、『おもいでの夏』。第二次世界大戦中、一九四二年の避暑地での出来事。性に目覚めた時期の少年たちがいて、そこに若い人妻がやって来る。「主人公」の少年がその人に憧れてしまう。何とかセックスをしたいと思っているわけだが、もちろんそんなことはできない。いろいろ話をしたりする仲になったときに、その人妻に新婚早々の夫が戦争で亡くなったという知らせが入る。彼女は悲嘆に暮れる。

その少年はセックスがしたいだけではなく、愛してしまっていた。はじめての愛を感じてしまっていた。そこで、何とか慰めてあげたいと思うけれどもどうにもできない。その気持ちは若妻には痛いほどわかる。自分とセックスをしたいというだけでなく、自分を心から悲しんでくれているということもわかる。そこで若妻は、少年を寝室に導き入れてセックスをするのだ。

映画の後に淀川長治が解説をして、「新婚早々でご主人を亡くした女性が少年とセックスをするわけですから不道徳かもしれないけれども、それ以外に彼女が彼の愛を受け入れる方法はなかったんですね」と言ったのだった。そして、「少年もそういう悲嘆に暮れている女性を自分の性の対象にしてはいけないと思っている。思ってはいるけれども、自分の気持ちを彼女に伝える方法はそれしかなかったんですね」と言うのだった。そして「なんて哀しいセックスなんでしょう」と言った。その解説を僕はいまでも鮮明に覚えている。僕はその時に、世の中にはこんなに哀しいセックスがあることを学んだ。

ちょうど、それがレイコとワタナベトオルのセックスではなかっただろうか。レイコはワタナベトオルがどれだけ傷ついているかということを知っている。ワタナベトオルもレイコが身近にいて治そうとしていた直子を失ったことで、どれほど傷ついているかということを知っている。二人とも直子がセックスができない身体だということも知っている。そういう二人がこういう形でセックスをする。レイコはわざわざ直子の服まで着ている。二人は直子から解放されるためにセックスをしたのだ。もちろん、レイコもこのことで自分が救えなかった直子から解放されようとしている。

この二人のセックスは、二人が直子から解放されるために行なわれた。そして同時に、二人が自分たちがどれほど直子を愛していたのかを確認し合うためにセックスをした。一見直子への裏切りのように見える。ジェニファー・オニールと少年のセックスが不道徳であるように、この二人のセックスも不道徳であるように見える。しかし、この二人のセックスがいかに不道徳に見えようとも、その実はこの二人がいかに深く直子を愛していたかということの証でもある。それを確認し合うためのセックスだった。そして、この儀式のような直子のためのセックスによって、ワタナベトオルは自分の「仕事」を終えることができたのだ。
その意味で『おもいでの夏』のセックスが哀しいように、この『ノルウェイの森』のセックスも哀しい。

直子の物語

最後に直子の物語について論じておこう。
ワタナベトオルは直子に対して、「もっと肩の力を抜きなよ」（上、十八ページ）と言う。その言葉に対して直子は怒りをぶつける。

「どうしてよ?」と直子はじっと足もとの地面を見つめながら言った。「肩の力を抜けば体が軽くなることくらい私にもわかっているわよ。そんなこと言ってもらったって何の役にも立たないのよ。ねえ、いい？ もし私が今肩の力を抜いたら、私バラバラになっちゃうのよ。」（同）

「バラバラになっちゃう」ということは、死んでしまうということだろう。直子は、自分はまだ死ねないのに、どうしていま死ねと言うんだと訴えているわけだ。直子は、いまは自分の「物語」としてはまだ死ねないのである。それを理解していないワタナベトオルに怒りを感じているのだ。

私の言いたいのは私のことであなたに自分自身を責めたりしないでほしいということなのです。これは本当に私が自分できちんと全部引き受けるべきことなのです。（上、九十二ページ）

これは、阿美寮に入ることを決めた直子からの手紙の一節である。直子は、これからのことは自分の問題だと宣言している。つまり、直子は自分はもうキズキとワタナベトオルの「物語」の中に生きるのではなく、自分の「物語」として自分の死を考えたいと宣言しているのである。もう「男たちの物語」からは降りた、自分で自分の死を選ぶのだと宣言しているのだ。

直子は、キズキを愛していながらセックスができなかったにもかかわらず、ワタナベトオルとは二十歳の誕生日の日に会ったときから、セックスをしてほしかったのだと告白する。

「どうして？　どうしてそんなことが起るの？　だって私、キズキ君のこと本当に愛してたのよ」

「そして僕のことは愛していたわけでもないのに、ということ？」

「ごめんなさい」と直子は言った。（上、二三一ページ）

直子が、ワタナベトオルにあなたを愛していなかったとはっきり告げてしまうところである。それは、あなたは「私の物語」の「主人公」にはなれないということだ。

「私たち二人は離れることができない関係だったのよ。だからもしキズキ君が生きていたら、私たちたぶん一緒にいて、愛しあっていて、そして少しずつ不幸になっていったと思うわ」

「どうして？」

直子は指で何度か髪をすいた。もう髪どめを外していたので、下を向くと髪が落ちて彼女の顔を隠した。

「たぶん私たち、世の中に借りを返さなくちゃならなかったからよ」と直子は顔を上げて言った。「成長の辛さのようなものをね。」（上、二六四ページ）

先ほど言ったように、ワタナベトオルは「子供」のままだった。しかし、直子は二十歳の日に「成長」することを決断したのだ。ここでキズキに託して語っているのは、そういうことだろう。繰り返すが、それは直子が自分の「責任」で、自分の「物語」を生きることだ。

「でも私たちがあなたを利用したなんて思わないでね。キズキ君は本当にあなたのことが好きだったし、たまたま私たちにとってはあなたとの関りが最初の他者との関りだったのよ。」（上、二六五ページ）

これはワタナベトオルとキズキという男同士の関係があったが、キズキと直子の関係が本当の関係だと言っているのである。もちろん、ワタナベトオルにとっては残酷な言葉である。

直子は、ワタナベトオルを「物語」の「主人公」から外そうという言葉を口にし続けていることがわかるだろう。そして、失われてしまった「キズキと自分の物語」、いま生きている「自分の物語」を生きようとしている。

錯綜体としての小説

「これはなんという完全な肉体なのだろう」（上、二七〇ページ）。阿美寮で見た直子である。直子の完全な肉体の意味はこう語られている。

　まずふっくらとした少女の肉がキズキの死と前後してすっかりそぎおとされ、それから成熟という肉をつけ加えられたのだ。（上、二七一ページ）

「完全」になるということは、直子が「成熟」するということだったことが、直子の肉体に即して語られている。ワタナベトオルも、このときになれば「物語」の「主人公」は自分ではなく直子ではないかということを認めざるを得ないだろう。すなわち、「成熟」しているのは自分ではなく直子だということを認めざるを得ないだろう。こうして、「直子の成長の物語」が『ノルウェイの森』の半ばあたりから立ち上がってくるのだ。

直子が自分の「責任」で死ぬことができたのは、「子供」であったワタナベトオルが自分ではなく、緑を選んだからだろう。だから、死ぬことができたのだ。そのことは先ほど引いた、緑に対して「責任」を取りなさいという、レイコの言葉からも確認することができる。直子が自殺する前から、あなたは緑を取るって決めてたではないかとレイコに言われる場面があった。直子と関わりなくワタナベトオルは緑を選んだ。そのことを直子は知った。

だから、もうワタナベトオルは自分がいなくても「成熟」できると考えて直子は死を選ぶことができたのだ。これは「直子の物語」だ。繰り返すが、直子は自分の決断で死んだのだ。だから、『ノルウェイの森』の半分は「直子の物語」なのである。レイコも「あの子もう始めから全部しっかりと決めていた」(下、二七〇ページ)と言う。しかし、三十七歳になったワタナベトオルはまだ「成熟」しきってはいないようだ。けれども、この「文章」を書き終わったワタナベトオルに「成熟」が訪れなかったかどうかは、読者が想像することだろう。

村上春樹の小説はホモソーシャルの構図の中に収まるところが多いのは事実だが、『ノルウェイの森』にはまちがいなく「直子の物語」が組み込まれている。この小説の途中から「直子の物語」を立ち上げることによって、ホモソーシャルの構図が壊れはじめたと言える。

ワタナベトオルは自分の「仕事」を一人ではできなかったのだ。『ノルウェイの森』は「ワタナベトオルの物語」と「直子の物語」が葛藤した錯綜体だったのである。繰り返す。文学はそれを「恋愛小説」と呼ぶ。そして、この錯綜した二つの「物語」を「恋愛」と呼ぶ。

あとがき

「文学で人を呼べる時代は終わった。」

　これは、ある会議で僕に投げつけられた言葉だ。それは、僕が勤めている早稲田大学教育学部の「学部共通科目」という、昔の「一般教養科目」を再編成した科目群の改革のための会議だった。声の主は、特に僕に敵意を持っている人ではなかった。むしろ、良好な関係を保っている人だった。僕もそういう見方があることは十分知っていたが、それだけにかえって応えた。

　そこで、「実績」を見せなければならないから、現代文学を講義することに決めた。作家は僕の好きな村上春樹に決めた。その結果、毎年五百人近くの受講生が集まった。これが、僕が村上春樹の小説を講義することになった理由だ。僕のつたない講義を聴いてくれた学生諸君に感謝したい。

いま僕が確信しているのは、「文学は終わっていない」ということだ。しかし、「文学研究」となるとどうだろうか。「文学研究」という制度の中に安住している「研究者」は少なくないように思える。「文学研究」を終わらせないためには、「文学研究者」はそれに見合う努力を払わなければならない。この本がその努力に見合っていればいいと思うけれども、言いたかったことよりも、言えなかったことのほうがはるかに多い。これがいまの実力と、素直に認めるしかないようだ。

最後に答えが出ない問いについて触れておこう。

それは、村上春樹文学がこの本で書いたように読めたとして、それは村上春樹がこう書いていたからこう読めたのか、それとも僕がこう読んだ結果にすぎないのかという問いだ。

たしかに、文字をたとえば『風の歌を聴け』のように並べたのは村上春樹だが、それを読者が読まない限り『風の歌を聴け』は『風の歌を聴け』にはならない。読まれないテクストはテクストではない。原理的にはこれでいい。しかし、村上春樹が文字を『風の歌を聴け』のように並べなければ、読者は『風の歌を聴け』を『風の歌を聴け』のようには読めなかったことも事実なのだ。

そこで、こうなるのではないだろうか。僕がこの本で書いたような読み方で読んだ功績の半分は村上春樹に帰せられるだろう。しかし、村上春樹はこの本について一切の責任は負わない。この本における村上春樹と僕との関係は、こういう「絶対矛盾的自己同一」みたいなものではないだろうか。ただし、こういうことははっきり言うことができる。僕はテクスト論の立場を採っているから村上春樹ではなく村上春樹文学にほとんどすべてを語ってもらった。それは、僕の村上春樹に対するリスペクトの表し方だということだ。

『風の歌を聴け』の章の前半の大枠を参照させていただいた平野芳信さんと斎藤美奈子さんには、この場を借りて改めて厚くお礼申し上げたい。お二人の論考がなければ、この本自体が成立しなかったと思う。

この本の企画を引き受けてくださったのは、当時光文社新書編集長だった古谷俊勝さんである（現在は、光文社出版局長）。この本は、僕の今年度前期の講義を録音し、テープ起こしをしてもらった原稿を元に大幅に加筆したものだが、僕のスケジュールを見て「テープ起こしをしましょう」と言ってくださったのも、古谷さんだ。もしテープ起こしがなければ、これほど短期間に書き上げることはできなかった。ついでに言えば、本のタイトルも古谷さんのインスピレーションによっている。

その後の実務を担当してくれたのは新書編集部の山川江美さんで、ほぼすべての講義に参加もしてくださった。そして、原稿を（もしかすると、僕自身よりも）実に丹念に読んで、適切な朱を入れてくださった。僕の原稿が少しでも読みやすくなっているなら、それは山川さんのおかげである。また、信じられないようなスケジュールで十二月刊行にこぎ着けられたのも、山川さんが休日返上で原稿整理をしてくださったおかげである。山川さんには心からお礼申し上げたい。

この本を書いているときに、信じられないことがもう一つ起きた。十数年ぶりで、突発性難聴の発作が起きたのである。何か因縁めいたものを感じた。この本を書かせたのは、もしかすると僕の突発性難聴かもしれない。

二〇〇七年十一月

石原　千秋

石原千秋（いしはらちあき）
1955年東京都生まれ。成城大学大学院文学研究科国文学専攻博士課程中退。現在、早稲田大学教育・総合科学学術院教授。専攻は日本近代文学。著書に、『テクストはまちがわない』（筑摩書房）、『『こころ』大人になれなかった先生』（みすず書房）、『漱石と三人の読者』『百年前の私たち』（以上、講談社現代新書）、『教養としての大学受験国語』『国語教科書の思想』（以上、ちくま新書）、『未来形の読書術』（ちくまプリマー新書）、『秘伝 大学受験の国語力』（新潮選書）など多数。

謎《なぞ》とき 村上春樹《むらかみはるき》

2007年12月20日初版1刷発行

著　者 ── 石原千秋
発行者 ── 古谷俊勝
装　幀 ── アラン・チャン
印刷所 ── 萩原印刷
製本所 ── 関川製本
発行所 ── 株式会社光文社
東京都文京区音羽1-16-6(〒112-8011)
http://www.kobunsha.com/
電　話 ── 編集部03(5395)8289　販売部03(5395)8114
業務部03(5395)8125
メール ── sinsyo@kobunsha.com

 ISBN 978-4-334-03430-6